四时的风雅

唐诗里的日常之美

何婉玲——

著

黄山书社

图书在版编目（CIP）数据

四时的风雅：唐诗里的日常之美 / 何婉玲著. --
合肥：黄山书社, 2022.12
（传统生活之美）
ISBN 978-7-5737-0630-0

Ⅰ.①四… Ⅱ.①何… Ⅲ.①散文集－中国－当代
Ⅳ.①I267

中国版本图书馆CIP数据核字（2022）第242238号

四时的风雅：唐诗里的日常之美   何婉玲 著

SISHI DE FENGYA TANGSHI LI DE RICHANG ZHI MEI

出 品 人　葛永波
责任编辑　张月阳
责任印制　李　磊
装帧设计　有品堂_刘　俊　张俊香
出版发行　黄山书社（http://www.hspress.cn）
地址邮编　安徽省合肥市蜀山区翡翠路1118号出版传媒广场7层　230071
印　　刷　安徽联众印刷有限公司
版　　次　2023年7月第1版
印　　次　2023年7月第1次印刷
开　　本　880mm×1230mm 1/32
字　　数　140千字
印　　张　8.25
书　　号　ISBN 978-7-5737-0630-0
定　　价　58.00元

服务热线　0551-63533706

销售热线　0551-63533761

官方直营书店（https://hsss.tmall.com）

目录

辑
一

好
时
光

一字至七字诗·茶 —— 唐·元稹

茶，

香叶，嫩芽。

慕诗客，爱僧家。

碾雕白玉，罗织红纱。

铫煎黄蕊色，碗转麹尘花。

夜后邀陪明月，晨前命对朝霞。

洗尽古今人不倦，将知醉后岂堪夸。

　　元稹这首宝塔诗，不可多得，描写上生动，形式上有趣，道尽茶之种种妙处。

　　早春，我入得山中茶园，采摘香叶、嫩芽，手工炒了茶叶。

　　喝了茶，便真如元稹说的"洗尽古今人不倦"，精神愈发饱满，神气愈发清爽了。

采春茶

吃完中饭，没歇多久，开车上山。

山路弯曲，春天早已飞进山林，夹道新绿萌发，白色蓬蘽花开在山坡，舅妈望着这些微微摇晃的白色花朵说："到了立夏，野草莓就有了。"她又指了指山壁上一株开着水白色花的树说："这是野桃树，结的果子小；那边开粉花的桃树，结的果子大，是水蜜桃。"

春日山林，真是闹极了，到处是深深浅浅的绿，明明暗暗的树，摇摇曳曳的风，流流转转的云，车窗外闪过一株野生苦丁茶。

车缓缓上山，一个 360 度转弯，我们把车停靠在山顶的黄泥平台上。

山间有池塘，池水盈盈，饱满得要溢出来。塘边有柳，映对池中桃花点点红。山中茶园好似世外桃源，春时豆荚试新绿，夏晚凉风习习，秋日芦花醉桂花，冬天野鸭唱新曲，四季都美得很。

是日，春分刚过一天，前日还乍暖还寒，又是风又是雨的，白玉兰和辛夷花落了满地，今日太阳不烈，温度恰恰好。山里茶园，鸟鸣为伴，溪声相随，油菜花这儿一蓬，那儿一片，开得随意。

戴斗笠穿围裙的茶娘已忙碌于山间。她们清早上山，背竹篓或布包，一个上午可摘 3 斤鲜茶，工费 25 元一斤。中午也不回去，带了盒饭，直接坐在山间吃，看着山谷里的白色蓬藁花，那么大一片，比往年都多。吃完盒饭，继续埋头摘新叶。

采茶不是简单活。

舅妈说："茶叶要摘一芽一叶，大小刚好，芽叶大小不一，容易炒焦。"

明前茶长得快，一株茶树都是新叶，指甲轻轻一掐便落。手倒不费力，费力的是腰和背，蹲着摘是累，弓着背是累，弯着腰也是累。

第一次采茶，面对满树嫩芽，这儿摘一片，那儿折一片，被看茶园的乔木大伯笑称是"摘茉莉花"。新芽嫩小，半个小时也集不了一手心。

深感茶娘不易。

　　门道自实践中摸索。一条枝干一条枝干来，每片老叶夹角，窝一新芽，从下至上，掌心朝上，顺路掐下茶芽，渐成熟练工。即便如此，采下的新叶仅铺了篮子薄薄一层，掂量着，炒了也不足二两。开始算起经济账，明前茶贵，贵得有理，我这茶叶，再贵也不卖！

　　乔木大伯看了看我们的成果，说："你们这真是顶好的芽，喝了这个茶，其他茶都不爱喝了。"

　　乔木大伯的妻子会炒茶，她用松针点燃炉里的炭火，将大灶上的铁锅烘干，全程手工操作，采用龙井茶炒制手法，温度高低全靠手掌感受。抖、带、挤、甩、挺、拓、扣、抓、压、磨，手力分"轻—重—轻"三步：先中火热锅，反复翻炒，此时手速要快；再按压，手掌用力，一压一带一抖，使每片叶芽均匀受力，我下手两三下，便喊烫手，不到一分钟，掌心红一片；等叶芽渐至干燥扁直，降低火温，用手轻按，茶叶渐渐沁出烘烤后的芳香，最后用铁锅余温慢慢烘干。

整个手工炒茶过程一个多小时。

等不及冷却，热水冲泡，一芽一叶，大小均匀，如花朵般，徐徐伸展，香气随着热气，袅袅升腾。

皎然《饮茶歌诮崔石使君》曰："一饮涤昏寐，情来朗爽满天地。再饮清我神，忽如飞雨洒轻尘。三饮便得道，何须苦心破烦恼。"

大约是亲自采的茶，滋味尤其好。茶汤清透翠绿，如山间烟雨处处透着新碧；茶香浓郁持久，有初春生机勃发的欣欣然；茶味清冽回甘，如开满荠菜花的山野小径。

陆羽喝茶有讲究，其《茶经》曰："一之源，二之具，三之造，四之器，五之煮，六之饮，七之事，八之出，九之略，十之图。"

喝茶可雅可俗，可繁可简，精致器皿配以良辰嘉木，风徐徐来，花暗暗开，正如周作人所写："喝茶当于瓦屋纸窗之下，清泉绿茶，用素雅的陶瓷茶具，同二三人共饮，得半日之闲，可抵十年的尘梦。"

关于喝茶这事，我却觉得，素雅陶瓷茶具也好，粗口大碗也好，简陋玻璃杯也好，都只是形。曾在广州见三位清瘦老人，席地坐于夏日门院，地上一茶壶，三小碗杯，纳凉清谈。

"得半日之闲，可抵十年尘梦"，真正的茶道文化，不是宣传片中素衣浅眉的姑娘正坐于茶席前表演茶艺，而是眼前三老汉的一撮茶、一壶水、三盏杯。

锁住生活的茶味，乃真正之茶道。

城东早春

唐·杨巨源

诗家清景在新春，
绿柳才黄半未匀。
若待上林花似锦，
出门俱是看花人。

早春的一切都是新的。吐露新芽的柳树，半是鹅黄，半是嫩绿，连拂面的风，都是新的。

杨巨源说，早春的清新景色，正是诗人的最爱。

在这万物复苏的季节，适合徒步走向山间，适合提篮去采野菜，适合听一阵鸟鸣，适合在檐下观一场春雨，适合开辟一个小花园，播种下四季。

过不了多久，春深似海，繁花似锦，出门就都是看花人了。

大地野菜

用双手夹着荠菜花的细叶柄来回搓动，耳朵凑近，能听到心形短角果里沙沙沙的声响。大自然真是有心，造出如此精巧的心形果叶。

紫云英的叶子是椭圆形的。我妈说，过去人们叫它红花草或草子，是给猪吃的，如今倒成了餐桌新宠。未开花的紫云英最嫩，清炒出来，满是青草的气息。

马兰头这会儿也嫩着，切细碎，用豆干、胡萝卜丁清炒，或用麻油、笋丁拌之，也是嫩软的青草气息。

我最爱春天的蕨菜，一根根如箭竹，从陈年的枯叶中笔直钻出来，顶端嫩芽初长如小儿拳。陆游诗曰"蕨芽珍嫩压春

蔬"。可不，哪有什么蔬菜比得上蕨菜，甘滑爽口，黏润清香，
无论热炒、煮汤、姜醋拌食，皆佳。

　　等到吹面不寒杨柳风的时节，就可以吃到清明团子。超市
里出售的青团，青是青，碧是碧，入口糯糯的、滑滑的、黏黏的，
满是糯米团子味儿。乡下的青团可不是这味儿，田野里摘来
新鲜艾草，门前推来冬天打年糕的石臼，用粗木桩一锤子一
锤子捣烂，淌出绿色汁水。将捣烂的艾草叶揉入糯米粉中，
包豆沙，包芝麻，也有包雪菜笋丁炒肉末的，一蒸，团子里
满是草叶纤维味儿。

　　就这点儿草叶纤维，让两种青团相差了十万八千里。

山间漫步

近日读梭罗的《漫步的艺术》，他说："漫步是一门高雅的艺术。漫步不可或缺的三大要素——悠闲、自由和独立，是任何财富都买不到的，只有承蒙天恩。"

我站在一株粉色早樱树下，看见春天从小心翼翼、懵懵懂懂到芳心荡漾、云蒸霞蔚，不过是一阵风的时间。

我在春天的野外漫无目的地走，潮湿的土壤弄脏了白鞋。我喜欢这样的山间徒步，看不完的花，走不完的路，春光一针一针漏下来，接也接不住。

脚底下数不清的婆婆纳，像昨夜跌落在草丛的蓝色繁星。你看，绿色柳条结了柳穗，黄色迎春开了，白色玉兰开了，如竹子一般高、一般直的檫木，在最高处"嘭"的一下，撑开一把明黄色的巨伞，在三月伊始的早春，如火炬般开出一树黄花，搅动着流萤般的色彩。

早春的山间，天青等雨，草木等绿，春天的每一块土地都不会被蓬勃的生命浪费。

南北朝诗人陶弘景有诗曰："山中何所有，岭上多白云。只可自怡悦，不堪持赠君。"山中有什么？有白云朵朵，擦着山尖飘过去；有林间飞鸟，挨着松树一只只飞过去。可惜啊，

真正美好的东西，都不能持手相赠。

不如你来，你来了，就能看到。

鹊鸲来我窗

清晨，比太阳更早揪醒我耳朵的是那几声清脆的鸟鸣。

三只鹊鸲在樱桃树上蹦跳。它们挺着浑圆的胸腹，看起来精神十足，鸣叫时，小嘴闭着，喉下一鼓一鼓地颤动。有一只展开双翅，同春天一起，轻轻落在我家窗前的银色栏杆上。它向盆中的蔷薇探了探身，又歪一歪头，苦思冥想，好似在酝酿一首了不起的歌。

我仔细观察它，它身穿黑色外衣，姿态复古，神情俏皮，翅翼及尾翼两边各有两条纵向白纹。它站定住，开始唱了：

"四喜儿——四喜儿——"

整首歌只有"四喜儿"三个字，好似一遍遍呼唤它的媳妇。它真是个不合格的作词家，歌词单调透了，好在曲调悠扬回旋，清亮活泼，如玻璃珠子做的风铃，在风中轻轻碰撞。

一首歌毕，它缓缓俯下身，前脚微屈，颇有明星范地翘起尾巴，行了一个礼貌的结束礼。我刚要鼓掌，它扑棱一下飞走了，在没有一丝褶皱的碧蓝色天空，留下一道黑白色背影。

鸟儿鸣唱带来春的生长，那些被一整个冬天裹挟住的阴郁、慵懒、乏力，都在这愉快的叫声中不翼而飞。除了鹈鸪，这个春天，我听到了无数鸟鸣。我无法分辨哪些鸟儿在歌唱不停，只听到有的如清亮的哨子，有的如悠扬的短笛，有的发出持续的颤音，有的尖细充满激情，有的含情脉脉温和沉静。它们唱了一个小时，又一个小时，不分昼夜，如多情的诗人，在歌唱春的草籽，也在歌唱爱情。

我趴在窗口，"嘘——嘘——嘘"地跟着它们的调子吹起口哨，好像拥有了与它们交谈的能力。

空气清香，这一刻真好。

春夜喜雨

春天的雨多在夜里来。

惊蛰日，响了第一声春雷，并没有炸裂般响出雷霆之势，而是闷闷的，有些化不开。风倒是硕大无比，将地面黑色的、白色的、绿色的塑料袋，鼓了一袋子风，热气球般吹上天。

窗口阳台飞进一片香樟树叶。

喝饱了雨水的香樟树，浮现出饱满的面容，雨中的柳条被雨水浇灌得软绵绵、亮闪闪，雨珠从屋檐滑落，窗外的玉兰树在雨幕中微微耸动了下肩膀。

春天的风，来也快去也快，雨倒是润物无声，点点滴滴。

我们待在家中各自读书。小云坐在床上，书置于棉被上，看了一本又一本《神奇校车》，边看边自言自语："真是好好笑，笑死宝宝了。"

我靠在飘窗的鸭绒枕上读蒋勋的《池上日记》："在长河和大山之间，听着千百种自然间的天籁，好像也慢慢找回来自己身体里很深很深的声音的记忆。"

云爸在书桌前，埋头研读他的经济学。

窗外的雨，每一滴都听进心里。

雨夜读书，这何尝不是最好的时光，天大的烦恼也能烟消云散。

秘密花园

一直梦想能有自己的花园，种满各种花草，从贴着土壤的苔藓开始，到多肉，到草本的矮牵牛，木本的栀子、月季和茉莉，再到藤本的蔷薇、紫藤，有条件的话，可以种两棵树，一棵是樱桃树，另一棵也是樱桃树。如果是庭院，可以在角落种斑竹和芭蕉，让爬山虎爬上墙，让茑萝缀栅栏，让蔷薇绕门廊。庭院足够阔的话，还要栽一棵桂树，金桂、银桂均可，要香味浓郁的那种。

可惜啊，我什么也没有。

在城市丛林里生活的我们，住不上带露台的小高楼，更别提带庭院的小别墅。不过，我在小区楼下僻静的空地，开辟了一个不足一平方米的小花园。我戴上草帽，拿上小铁锹，手握格桑花和含羞草的种子，准备让这里开出一片繁花。

格桑花的种子细长，如泰国长粒籼米；含羞草的种子中间有鼓包，如圆形铜锣烧。天下微雨，我翻动土壤，埋下种子。

之后每日下班回来，我总会到这片秘密花园探望一番，有时也会在花坛边蹲上一会儿。因着这些渐渐生长的小苗，我与这片不到一平方米的土地，渐渐生出一些亲密关系。

相比阳台花园的精巧整齐，我更爱这片自然生长的野地，这里的植物杂乱不屈、挨挨挤挤，三叶草、紫花地丁、铜钱草如地毯覆盖了大片土壤，五六株铁苋菜、七八株荠菜花夹在其中，紫色通泉草骄傲地开着，像只滑翔的小鸟。

一好奇妇人走过来，问："你在这儿种菜吗？"

"不，不，不，我只是看看。"

我多么紧张，害怕有人发现这片秘密花园，把我宝贵的花儿当作"杂草"除了去。

青溪 — 唐·王维

言入黄花川，每逐青溪水。

随山将万转，趣途无百里。

声喧乱石中，色静深松里。

漾漾泛菱荇，澄澄映葭苇。

我心素已闲，清川澹如此。

请留磐石上，垂钓将已矣。

王维曾不止一次循着青溪一路游历。

小小青溪，不足百里，随着山势，却也绕了个千回万转。

我也像王维一样，不止一次走入山中，循着一条大河，找到它的溪流，直至寻到山中泉眼，然后掬水喝一口——甜！

喝了山中泉水，我们那一颗陈腐的心，仿佛也能同王维一样，变得如那清澈的青溪水一样，淡泊安宁。

寻
山
泉

　　宁波象山等慈禅寺有一口山泉，山泉引自寺庙后方的象鼻山。泉曰"龙泉"，水自龙口出。泉前建一亭，曰"掬水亭"。

　　一位先生带着他的妻子和儿子，提了八个空桶来提水。"掬水"的先生说，用山泉水泡清茶，味道好。他又说，等慈禅寺傍晚人少，取水不用排队。

　　正原法师站在掬水亭前说，这里的山泉免费供老百姓接用，龙泉的水，无论是冬季还是夏季，水量都是不变的。掬水亭去年新建，"掬水"二字来源于"掬水月在手"一句。这句诗有禅意，月亮代表了佛性，但是月亮太远了，怎么办，掬起一捧水，月亮就落在手心里。

千江有水千江月，水是智慧之源，月入水中，水静心静。

"掬水月在手"，这句诗来自唐代于良史的《春山夜月》：

> 春山多胜事，赏玩夜忘归。
>
> 掬水月在手，弄花香满衣。
>
> 兴来无远近，欲去惜芳菲。
>
> 南望鸣钟处，楼台深翠微。

春天的山中有那么多美好的事物，让人乐而忘归，一直尽兴至深夜。

"掬水月在手"，捧起的是清泉，却引来了月在手心；"弄花香满衣"，莳弄的是花草，却引得花香满衣。"南望鸣钟处，楼台深翠微"，钟声来自山寺，月上楼台，草木翠微，山寺钟鸣，禅意愈发浓了。

在等慈禅寺禅修的两日，有幸见到清晨的寺庙、夜晚的寺庙、游人散去的寺庙，听僧人的吟唱一直到月亮升起、星星闪烁，檐下的灯笼氤氲出千年的烛火红光。

我们住在寺院厢房，弄不清是夜里还是清晨，窗外响起敲击竹子的打更之声，不知哪个小师傅，用木槌一声声敲打空的竹筒，笃——笃——笃，清幽幽地回响。

那一声声击竹之音，让人不知身在何时何处。那声音极轻

极轻，特别空灵，用极无邪、极清静的方式唤醒我们。接着，钟声响了，惊醒了山鸟，它们绕梁三匝，叫声一直传到客房。

我躺在被窝里，望着窗外漏进来的微蓝色天光，脑中又回想起"春山多胜事""掬水月在手"两句，好啊，写得真是好。

2

车上打了个盹儿，一睁眼，已到梅城古镇的玉泉寺山脚。

抬头望，两山夹道，宽阔整洁的石阶蜿蜒上山。知了扇动着翅膀撕开盛夏，一千多年的玉泉寺新刷了黄墙，金的金，红的红，好似与山间古木一样，冬去春来，年年旧，又年年新。

出玉泉寺，往右拐就是乌龙山。

云爸说，他小时候爬乌龙山，山上有一活泉，泉水清洌香甜。

山上多松树。云爸又说，他们小时候经常到山上扫松针，干松针拿回家，引火烧柴，一点就燃。

乌龙山的活水泉藏在山林深处，云爸循着记忆中的路线带我们寻找，只是记忆迷了路，走得越远，心中越是没了方向。

迎面走来两个青年，我们拦住问："前面有泉水吗？"

"有。"

"还要走多久？"

"很快，再走十分钟就到。"

我们慢慢走，听到山风阵阵，好似溪水之声，兴奋起来，快走一段。

紫色牡荆小花在山风中摇晃，飘出丝丝香气。

大约十分钟后，果然遇到泉头。

两三缕细细的活水从山上往下流，如瀑布，坠入潭水。为保护水源，通往潭水的道路用铁丝网阻隔。这个取水处又名龙泉湾，潭水下部是石子堆垒的墙面，上面安装了两个水龙头，龙头开，泉水如自来水般哗哗而出。

我们用手直接掬水喝，冰凉清甜。大自然自有神奇，夏日炎炎，泉水却如冷藏般透心寒。用饮料瓶子接了两瓶，雾气马上沁出瓶壁。

陆羽在《茶经·五之煮》中谈到取水："其水，用山水上，江水中，井水下。"

好茶山上来，好水山间来，好水成就好茶。

次茶用好水泡，茶性借水而出，反倒成了好茶；好茶用次水泡，茶性不得发挥，反而成了次茶。

陆羽又说煮茶用水要"鲜活"，缓缓流动之泉为最佳，奔涌湍急的泉水含矿物质过多，沉静深邃的潭水易积陈腐落叶。

便是山水，也分等级。

走两小时山路，取两瓶山泉，提了回去泡茶。

喝茶，不就喝个讲究嘛！

正是这份讲究，生活才有泉水般缓缓流过的温柔。

3

一条江由不同名字组成。

它从开化流出，叫马金溪，到了衢州叫衢江，到了兰溪叫兰江，流到桐庐，与严陵滩相接，这一段又称七里泷，途经富阳名富春江，到了杭州则为钱塘江。

钱塘江从浙江开化来，源头在莲花尖的三省交界处。

高一那年，我和方晔等同学徒步钱江源。那年冬天，山上的瀑布被冻住了，如挂下来一面明晃晃的大镜子。四周都是密密的树林，静悄悄的，古老又深邃。

钱江源的水却是活的，哗哗然，溪涧鸣响之声如空山鸟啼。

我们经过一块乔石题写的"钱江源"石碑。

"源头还在山里面。"方晔说。

我们沿着水流往树林更深处行走，渐近傍晚的高山密林，粗枝藤蔓黑压压地攀附在大树上，山上除了潜伏在土壤里的虫子，没看到其他动物。还没腐烂的松针、水杉树叶子，在脚下发出"嚓嚓"之声。

"源头水就在脚下。"

我们停下脚步，除了空气流动的声音，山中静得可怕。或许那并不是空气流动的声音，而是水流的声音。水在看不见的脚底流淌，无声无息地、轻快地、平稳地流淌。

谁能想象到这一点涓涓细流，能汇聚成滔滔大江，一直奔涌到海边。

就在这林中深处，我们突然见到一水潭露出于地面之上，很小，比脸盆大不了多少，潭水清澈，看似水平如镜，实则在缓缓流动。

方晔指着这个小水潭说："这就是钱江源的源头泉水！"

方晔是开化人，又是学校的地理学霸，他说是，那就是，我们对他的判断深信不疑。

他扑通趴下，匍匐在地，直接饮上一口。

"甜。"他说。

我蹲在潭边，用手掬了一捧，森林中的冬季十分寒冷，但这一掬水，竟是暖的。

这透明的不知年岁的泉水，清冽甘爽。方晔没骗我，是真的甜。

现在回想起来，四面层林环绕，用手掬水喝，这一动作多么充满古意。

莲花尖1136.8米的甘泉之水啊，何其清澈！用手掬着喝钱塘江源头之水的我们，何其清澈！十六岁的青春，何其清澈！

那夜，我们在山腰上的农家旅馆住了一宿。大家吃了用脸盆装的一盆挂面，十元一份，没有葱蒜，没有青菜和肉丝，煮久了，面条泡发在面汤里。

老板娘说，看看你们这几个孩子。

如今，我站在钱塘江杭州段之滨，江波湍急，逝水悠悠，我用手拉扯着这川水，沿着它奔来的方向，好似拉住了一条时间之绳，穿越回十六岁的冬季山林。

月夜

唐·刘方平

更深月色半人家，
北斗阑干南斗斜。
今夜偏知春气暖，
虫声新透绿窗纱。

夜晚，是完全不同于白日的另一个世界。月光摇曳，
星子闪亮，虫声透过绿纱窗。

夜晚，需要我们卸下白日的忙碌和疲惫，空出一颗心
来，感受它独特的美。在夜深人静之时，与黑夜对话，与
月亮对话，与花香对话，与虫声对话，与自己对话。

夜色好

1

　　我们这幢"乡下大别墅"，不过是幢寻常无奇的农房，门前是水泥地，门后也是水泥地，江南六月梅雨季，房内白墙开始脱落。我住在三楼，盥洗室因长久未使用，水经常打不上来，好不容易上来，又夹着泥沙和锈迹。

　　但我的前窗是稻田，后窗是兰江，四面环绕的是青山。躺在床上，脚丫子对着河水，对着橘子林，对着一弯黄澄澄的月。晚上睡觉，窗帘不用拉，一觉醒来，绿色全部飞进来，纷纷降落在枕头上。

　　满窗的山水啊，山色水色扑面而来，好像你拥有的不仅仅是这居室，而是整片山林。

风生竹院到夜晚，虫声四起，三五条狗睡于夜色之中。

真是安静。

2

夜晚是一瞬间降临的。

黑漆漆一团。

黑夜仿若有重量，如一块铅，沉沉抵在狗的喉咙上。

鸟鸣换成了虫鸣，依然如雨下，淅淅沥沥，坠落在沾满雨水的草丛里。

风有些凉。春末时节，一日历经四季。午后热得只需一件薄衫，到了晚上，夜风一起，又得披上呢子大衣。

夜晚的柚子花香，沾了湿漉漉的潮气，味道更加浓郁。推开小小一条窗子缝隙，整个世界都是这种味道，令人一阵阵沉迷。

柚子花可以泡茶，柚子皮切丝，用蜂蜜、冰糖、柠檬小火熬煮，也可以泡茶。

夜晚煮一壶茶，点一盏小蜡烛，用去年熬煮的柚子皮配去年的红茶，甘苦回香。又切了甜橙和苹果，慢慢煮，茶汤里的甜味，如小鱼一般游动。

玻璃壶是透明的，茶杯也是透明的，盖子内挂了一粒粒水汽珠子，小小烛光，照得茶汤橙红透亮。最爱的还是这一豆烛火，衬着玻璃窗外黑漆漆的夜，天上云在流，没有月亮的夜晚，稻田、橘林和菜地像深不见底的山谷。

青蛙在歌唱，而我依然贪恋夜晚递送过来的柚子花香。

夜晚，总是夜晚，总是发生在夜晚，总是有些说不清道不明的情愫，被花香掩盖，让人一次次放不下，一次次自甘沦陷。

3

再次回到乡下，又是晚上九点。屋前竹架挂满丝瓜与苦瓜，丝瓜蔓一路向上，沿着电线杆、水泥柱，一直攀到路灯上，向着月亮努力生长。

晚上有月全食。婆婆说，在乡下叫天狗吃月，大家会从家里拿出搪瓷脸盆，用木棍子噼里哐啷地敲，天狗吓跑了，月亮

也就回来了。小云听后，立马搬出塑料脸盘，啪啪啪敲起来。只不过，月亮好好的，星星也是好好的。山端月影，清光融融，夜风飒飒吹起，瓜叶如一道屏风。

舅妈望着丝瓜藤，满是焦虑："今年给它们做了肥，都是自制肥料，别家丝瓜都开花，就独独它，光长叶，没有花。"

"不着急，开花晚，结瓜多，到时集中挂果，摘都来不及。"大家安慰。

石榴树结了拳头大小的石榴果，辣椒的白色小花在月光中耷拉着，一只泽陆蛙从玫红色石竹花旁跳过。

"那儿还有一只癞蛤蟆。"舅妈指着秋葵地。一只肥硕的中华大蟾蜍，在众人瞩目下笨拙地跳了几步，又如虎踞般蹲立不动。一旁大花马齿苋的尖细叶子微微颤动两下。

4

我无数次提起夜晚。

黑夜的天空，在肉眼看来，依然是蓝色的，是种属于夜晚的沉默如水的蓝。山尖那枚苍白的月亮，一寸一寸地往下坠。

我试图用无穷无尽的语言描绘夜晚，那些黑暗中的树伸出柔软的绿色枝条，仿佛要将你捆绑。月光将斑驳的树影打在白墙上，透过树丛，有一盏明灯，如夜晚的独眼，缓缓地从湖对岸飘移过来，将你召唤。

世界都沉睡了，为何你还迟迟不肯睡去。你在贪恋黑夜的什么，是那棵奇异的高高长在房顶的树？是时间，是自由，还是那颗不同于白天的心？

一只小飞虫爬行在透明的玻璃移门上，张开的翅膀如倒画的爱心。它被挡在了室外，同样被挡在室外的，还有我那颗贪恋黑夜的心。

多么美好的夜晚，舍不得将时间浪费在睡觉上，我困得不行，但就是舍不得睡。我撑着最后的眼皮子，半眯着眼睛，哪怕无所事事，哪怕只是闻闻夜气，也想多挨一会儿是一会儿。不再受人打扰，不再琐碎忙碌，这样的夜，何其奢侈。

一夜一夜，就是舍不得和今夜告别。

钱塘湖春行 —— 唐·白居易

孤山寺北贾亭西，水面初平云脚低。
几处早莺争暖树，谁家新燕啄春泥。
乱花渐欲迷人眼，浅草才能没马蹄。
最爱湖东行不足，绿杨阴里白沙堤。

这首诗可以说是描绘西湖胜景的佳作。

白居易说他最喜欢湖东一带的美景，杨柳成荫，中间穿过一条白沙堤。

西湖本来就是一个浸润在诗意里的湖。

泛舟记

我们在码头叫了一艘摇橹船，船中摆一张铺了蓝印花布的圆桌，椅背靠垫也是蓝染印花，在杭多年，只坐过大的西湖游船，这般人力小船竟是第一次乘坐。

七月上旬，杭州仍在梅雨季。雨不大，时断时续。俗话说，晴西湖不如雨西湖。雨中的西湖，淡淡的，如一袭清梦。深绿色的湖面，青烟蓬蓬，云水泱泱，含烟笼翠。

小云坐在我旁边，一口一口吃着零食袋里的山药脆卷，故意发出咬薯条般咔嚓咔嚓的声响。船行平稳，微有摇摆，她故意晃动起身子，左右，左右，左左，右右，越摆越大，嘻嘻笑着。

白居易坐船游过西湖，苏东坡坐船游过西湖，我邀来女儿一同泛舟行。我说，白居易写"乱花渐欲迷人眼"，苏东坡写"白雨跳珠乱入船"，她便和我讨论，苏东坡当年乘坐的船有没有顶篷。我说有，她说没有。她说如果有顶篷的话，就不是白雨跳珠乱入船，而是白雨跳珠斜入船。她又说，苏东坡望湖楼醉书，喝酒喝到醉醺醺才能写好诗；说完又随着小船摇晃起来，左右，左右，左左，右右，摇头晃脑，如同醉了一般，突然眼神一亮，指着船头叫了起来："妈妈，你看，鱼，一条鱼！"

原来是船公在船头拉起了一条鱼。

游船最后一趟，从湖滨回杨公堤，船公会顺路垂下渔线钓些鱼回家。

"这是什么鱼？"我们问。

"溪沟鱼。"船公答，"现在的鱼比往年少多了。"

没开多久，又一条鱼上钩，是西湖白条。

"一趟能钓几条？"

"有时多有时少，钓上四条，晚上就能喝上两斤白酒。"

"两斤白酒！"这船公好酒量，我内心不免暗想，别是吹牛。

"我们这儿还有人能一次喝四五斤白酒呢！"船公说得颇为自豪。

未多久，又上来一条，手指大小，是条小鱼。

今日收获不多，船公收了渔线，将线一圈圈缠在一个塑料瓶上。

船公告诉我们，西湖是个大鱼塘，一直被楼外楼承包着。以前西湖每日有三百艘摇橹船，如今受疫情影响，一日只出一百五十艘，今天出船，明日就可休息，隔日上班，晚上便能敞开肚子喝一顿。

"摇船不能喝酒的，喝酒摇船是酒驾。"他说。

我们羡慕他一年四季皆能吃到西湖特产的鱼，他乐而不语，继续一下一下摇着橹，唱起一首《千年等一回》：

> 千年等一回，我无悔啊
>
> 雨心碎，风流泪哎
>
> 梦缠绵，情悠远哎
>
> 西湖的水，我的泪
>
> 我情愿和你化作一团火焰
>
> 啊……啊……啊……

歌声婉转，即便低沉的男音唱起来，也如水沫轻扬。

西湖水是碧绿的，山色空蒙，水波潋滟，雨丝飘到手臂上，丝丝凉爽。阴天傍晚的西湖呈现出一种水墨画般的苍蓝，远山笼着水蓝色烟幕，烟幕饱含水汽，从天空一直扯到地上。湖上吹来的风雨，飘飘荡荡，像一层薄纱。两只巨大的夜鹭扇着翅膀从水中起飞，燕子和蝙蝠盘旋在湖上。

西湖旖旎，我和女儿在船中一边吃山药脆卷，一边谈论诗句。真有趣，我竟然找不出第二人，能这般无所顾忌、这般畅快地与之谈论诗词。

我和小云都爱苏东坡。

记得有次讲乌台诗案给她听，说到苏轼调任湖州任知州，本是高高兴兴进了一篇《湖州谢上表》表达感谢，却被有心之人利用，说文中暗含对当朝变法的不满及嘲讽，苏东坡遭受无中生有的诬陷，被捕入狱，甚至差点送了性命。

小云听后，难过地在床上翻滚起来。为什么，他们为什么这么坏？她一遍遍问，越想越难过，差一点哭起来。

　　我唯有安慰，了不起的苏东坡，即便辗转大半个中国，依旧乐观豁达。到了黄州，发明了东坡肉；到了赤壁，写下"大江东去，浪淘尽"的豪迈之词；到了广东，说"日啖荔枝三百颗，不辞长作岭南人"；到了海南，哪怕瘴雾三年，哪怕"朝来缩颈似寒鸦"，仍是内心通透，心性练达。他说"浮空眼缬散云霞，无数心花发桃李"，意思是人老了，眼睛花了，但在心中，依然能开出无数桃花和李花。

　　人只有足够的经历，才能有这般淡然、透彻。

　　有时我会羡慕女儿，小小年纪，愿意与诗人一同哭，一同笑，她是置身故事里的；而我，只似一个旁观者，客观地转述一个他人的故事，没了那番情绪上的波澜，少了诸多感同身受。

　　因了这点，我为自己悲哀起来。

　　望着身边的她，深深发现，每一次结伴同行，不是我陪她，而是她陪我，在这雨丝怡荡的西湖中央，眼前这小小的孩子，竟是我最好的知己。

　　山不醉人，湖不醉人，山药脆不醉人，醉人的是身边人。

山亭夏日

唐·高骈

绿树阴浓夏日长，
楼台倒影入池塘。
水晶帘动微风起，
满架蔷薇一院香。

印象中的夏日总是特别漫长，绿树阴浓，晚风清凉，蔷薇花开，石榴花开，紫薇花开，荷花开。

每到夏日，总会回想起儿时的一些事：在夜晚捉萤火虫，跟着妈妈去喝冰牛奶和黑米粥，期待七八月的台风雨带来一阵清凉。

微风起，夏日长，在夏天可以做很多很多事情，譬如采下枝头新鲜的茉莉，窨一小罐茉莉龙井；譬如带一把伞去曲院风荷看荷花；譬如慵懒地靠在床上，看一部此前无暇看的小说……

夏
日
长

1

大暑有三候，其中一候为"腐草为萤"。

萤火虫将卵产于枯草，大暑时节，萤火虫孵化而出，古人便认为萤火虫是枯草变的。

小时候，萤火虫还是极常见的。暑假从衢州回到妈妈所在的常山县。20世纪90年代，我们一家人住在当地最大的一个小商品市场中，店铺一间挨着一间，每间店铺隔成两间，一间是对外的店面，一间是供日常生活的起居室。店铺后门出去，是露天盥洗池，每家每户都有，排成一排，小煤炉灶子也放在室外。

傍晚时分，每人端一个脸盆，无论男女老少，穿着贴身内衣裤，站在露天盥洗池前冲澡。一盆盆冰凉的自来水从肩头往下浇淋，大家都很坦然，没有人觉得在他人注目下洗澡有何难堪。

一只萤火虫停在水池下方，一闪一闪。

我将濡湿的毛巾挂在脖颈，蹲下身子，在夜色中伸手将它取下。

软绵绵、肉嘟嘟的一条长虫！

我"哇"的一声跳了起来，来不及细看，赶紧甩掉这条肉虫。

它没有翅膀，它不会飞，它是不是萤火虫？

一阵恶心。

后来才晓得，这是雌性萤火虫，它们为了最大化产卵，做出了牺牲，进化成了幼虫形态，无翅，也不会飞。

萤火虫成虫寿命只有一周左右，这一周时间它们要完成求偶、交配和产卵。

如今，城市里萤火虫已极难寻觅，即便山郊野外，也得碰运气。

后来，我在杭州的云栖竹径见到了很美的萤火虫，竹林间，微风拂叶，大约晚上九点，林间飘荡起紫色烟岚，两旁闪现出星星点点的萤火虫，变魔术般闪亮、熄灭，又在另一个方位闪亮、熄灭。

荧黄闪闪的，好像要飞去天上当星星。

2

回想童年最快乐的时光，莫过于小商品市场关门后，妈妈收了摊子，带着我和我妹散步到县城中心。路灯昏暗，街上没有什么汽车，马路边拉平板车来卖西瓜的老农摇着蒲扇，街心公园的树上挂着彩灯，广场空地摆出一张张白色塑料圆桌，一旁的冷柜出售着夏季冰饮：冰牛奶、绿豆汤、红豆汤、水晶糕、黑米粥。

我最爱冰牛奶和黑米粥。夏夜能喝上这么一大碗冰牛奶或冰黑米粥，实在是快乐至极。妈妈见我太爱冰镇牛奶，便买了一台二手冷柜，放在自家毛线店门口。她从食品店购入好几包奶粉，每天将奶粉倒进煤炉上的大铝锅中加水加白糖不停熬煮，冷却后放至冷柜冷藏，用来出售。

不知为何，妈妈自制的冰镇牛奶生意惨淡，一天卖不出多少杯，却乐坏了我，一杯接一杯，喝再多，妈妈也不责备我。那一刻，觉得人生之大快乐莫过于此。

可惜再好的东西喝多了也会乏味，更为怀念的，仍是最初和妈妈散步去冷饮店路上的那种期待和欢喜。

3

最近地铁口总有乡下人提着篮子兜售当季时鲜果蔬，今日阿姨带了一大袋子莲蓬。

"自家荷塘种的，一早从建德带来。"她说。

我买了一些，拿回家在书桌前慢慢剥。

窗台上的茉莉三度开放了。

在妈妈的照料下，今年茉莉长势极好。以前养茉莉，养一盆死一盆。妈妈的经验是剪枝与浇水。春天，她就给茉莉来了次大修理，叶子全部去掉，只剩短短的枝干。到了夏日，茉莉好似喝饱了雨水一样，越长越密。

白的茉莉，白的莲子，都带来夏日清凉。

茉莉花骨朵一粒粒，饱满、洁白、圆润，有六七十个，夜间香味尤浓。

那么香，窨一小罐茉莉龙井吧。

从冰箱里拿出来龙井，在锅中烘热，新鲜的茉莉摘下十朵，投入放冷后的龙井茶叶中，盖子开着，窨。

烘热的茶香溢出，茉莉香

气弥漫。第二日，又摘十朵茉莉，重复前一日操作，烘茶，窨香。

如有耐心，七窨、九窨皆可。次数越多，香气越浓。

最初是谁发明这般喝法，雅得很呐！

茶叶清香，还添了花香味。

自己窨的茉莉花茶，定然好喝。

4

七八月，多台风。

下午的乡间闷热异常，一开窗，一股潮气猛地扑了进来。

田里没有人。

天色比以往提早暗了，水杉顶端的枝叶摇了摇，酝酿起一场蓄势待发的暴风雨。

田里的玉米啊、扁豆啊、黄瓜啊、芋头啊、番薯啊，全都屏息不动，静候将至的雷暴。只有知了，不知山川岁月，保持一个声调长鸣。

风来了！

风从高处一直穿越到低处！

一会儿，玉米啊、扁豆啊、黄瓜啊、芋头啊、番薯啊，全开始摇动，先是微微震颤几下，接着每片叶子都在剧烈抖动。

一秆秆细细高高的秋葵，像海边的椰子树，兴奋地左右摇摆，似乎最先感知暴风带来的海水味道。

啪——啪——啪——

大雨倾盆，雨点打在千万片叶子上，喧如擂鼓。

天地间，密密蒙蒙，一团水雾。

雨声越响，愈显宁静。

接近傍晚，雨停，风散。又是一个晴天。

雨一阵，晴一阵，凉一阵，热一阵，无论生活还是节令，都如此这般，周而复始，交替前行。

5

日渐长，夏至浓。罗伯特·瓦尔泽的《夏天》写道："在夏天，我们吃绿豆、桃、樱桃和甜瓜。在各种意义上都漫长且愉快，日子发出声响。"

除了果子，夏花也灿烂，金银花、木槿、凌霄、紫薇，也是花开不尽，沿阶的麦冬摇曳出紫色花串。此时，最适合去曲院风荷看荷花，带一把伞，晴时遮阳，雨时遮雨。曲桥、绿荷、亭阁、碧空、鸟鸣、鸳鸯、碧草，清风来，荷香来，西湖的荷花雍容华贵，花瓣洁白，瓣尖晕红，或躲在荷盖之下，或娉婷直立于水中。

　　而我最喜欢在七月的慵懒里，开着空调，捧着西瓜，读着闲书。

　　周末在家，陆续看完了四册的《簪中录》。

　　李舒白、黄梓瑕，很喜欢这两个名字。

　　"荷风徐来，卷起他们的衣服下摆，偶尔轻微触碰在一起，却又立即分开。"一阵荷风，衣袂翩翩，有初夏微躁的气息。古风中总有些旖旎不尽的情愫，让人沉溺，让人独自惆怅、独自欢喜。

　　纸屏石枕竹方床，手倦抛书午梦长。读书读睡着，是时有的事。这么长的夏日午后，只适合读书与小睡，一觉睡醒，不知时日。是早上，还是傍晚，都不重要。

　　户牖深青霭，阶庭长绿苔。长日之夏，闲来无忧，大抵是人生最完美的境界了。

古意六首·其五 —— 唐·王绩

桂树何苍苍，秋来花更芳。

自言岁寒性，不知露与霜。

幽人重其德，徙植临前堂。

连拳八九树，偃蹇二三行。

枝枝自相纠，叶叶还相当。

去来双鸿鹄，栖息两鸳鸯。

荣荫诚不厚，斤斧亦勿伤。

赤心许君时，此意那可忘。

　　满觉陇的桂树，古意苍苍，馥郁芬芳，古老得好似从月亮里移植过来的。

　　桂花开的时节，出门闻桂、赏桂、买桂花。

　　好一个热闹节日。

买桂花

要说黄色系的花，最迷人、最美好、最香甜的自然要数杭州的桂花了——桂花开的杭州，进入了一年中顶顶好的时节。

郁达夫《迟桂花》中的郁先生来翁家山参加翁则生的婚礼，在山中闻到迟桂花的香气，"同做梦似的，所闻吸的尽是这种浓艳的气味"，"实在是令人欲醉的桂花香气"。

桂花的香气有一种说不尽的撩人意味。

这样的香气，确能使人精神亢奋，而不愿意继续困在办公室里，只想放假！去桂树底下！去沐浴香气！

叶儿说，作为杭州市花，能不能设个桂花节，放个一天假。不然，人在窗内，心在窗外。至于哪一天，看阿桂高兴，它来了就放，它不来，那就算了。

到了周六，再也禁不住这桂香的诱惑，坐车来到了满觉陇。

这些日子，市区的桂花都落得差不多了，没想到满觉陇的桂花依然开得那么浓烈，那香气盛大而华丽，好似一场节日的庆典！满觉陇路上的游人摩肩接踵，一条马路挤得水泄不通，但凡是桂花树下的餐桌，都坐满了人。

这又不得不说起杭州的好来，大概找不出第二个城市，花开得惊天动地，香气弥天，只有说不完的好，道不尽的好。

桂花也分许多种，小叶苏桂、波叶金桂、圆叶四季桂、橙黄四季桂、天女散花、早黄、天香台阁、朱砂丹桂、杭州黄等。即便是看上去细细小小的四瓣小花，也有细瘦、圆胖之分。

满觉陇的桂花多为银桂。一朵朵精巧的小黄花，一簇簇挤满枝条，一串串的明黄，如一串串的糖葫芦。如果说香气是有颜色的，满觉陇的桂香应是奶黄奶黄的那般颜色；若说香气是有滋味的，满觉陇的桂香应是加了蜜糖的板栗香；若说香气是有形状的，满觉陇的整条街都是香水瓶，在晴朗的秋日，持续不断地喷洒出桂花味的蒙蒙雾气。

那么奢侈，那么醉人。

上满觉陇路两边的商店门口，摆起了卖桂花的小摊子，桂花干、桂花糖、桂花糕、桂花酒、桂花蜜、桂花龙井、桂花红茶，种类真是多哟。买了一罐桂花干，一朵朵小花仍如在枝头上一样鲜亮，不见焦萎，不见氧化。便问卖桂花的妇人，你们是怎么做到的?

先是要打桂花,用大油布在桂花树下接住,接着是过筛,去除枝叶,还得用水清洗,洗干净后放到机器中烘干。她答。

用的什么机器?烤箱吗?

不,我们用炒茶的机器。春天炒茶,秋天用来烘桂花。

一罐小小的桂花干,可以做桂花咖啡、桂花莲藕、桂花藕粉、桂花米酒、桂花酒酿,还可以做桂花汤圆。好像只要将桂花放入食物中,就可以将有桂花的秋天长长久久地留住。

夜晚,我们在一棵古老的桂花树下喝了一锅土鸡汤。满觉陇的桂树真是古老,枝干遒劲,历尽沧桑,开出来的花却朝气蓬勃。市区里那些桂树,都没有满觉陇开得那么稠密和馥郁。它们长成一株株高大的树,好像月亮里的桂树,又冷又高远,风一吹,落桂如雨。

这样的秋日,怎可辜负了桂花。

桐庐县作 — 唐·韦庄

钱塘江尽到桐庐，水碧山青画不如。

白羽鸟飞严子濑，绿蓑人钓季鹰鱼。

潭心倒影时开合，谷口闲云自卷舒。

此境只应词客爱，投文空吊木玄虚。

桐庐乃浙江省杭州市辖县，在分水江和富春江交汇之处。

过去到桐庐多坐船，现今开车也很方便。

在桐庐寻访一座古老的村庄，看望一棵老樟树，听一场关于生活美学的分享，或者住一晚山林间的民宿，都是一种诗意的游览。

访古村

常常，想起那晚的雨。

那晚住在桐庐郑城村的"厚院"民宿，四面影影绰绰的绿树，拢着一片老屋，我们枕着春水入眠，窗口一棵青柏，在夜雨中绿得发腻。

就像最初走进郑城村、合岭村、芦茨村一样，这一日，我来到了桐庐的梅蓉村。我从春天走到了秋天，想将桐庐的每个村子都走一走。

如果你也要来梅蓉村，下高速后，穿过富春江三桥，右拐，一会儿便可见一片收割过的稻田，稻田如扇形，将这片叫梅蓉村的古村拢进了山里。

富春江边有许多古村，这些村庄大多古老而沉静。我知道梅蓉村有一棵大樟树，村庄里曾经有个大户人家姓罗。每个古老的村庄好似都有这样一棵古树，长久地守护着村庄和土地。

进入村子，你首先会看到两排并列的水杉道，水杉树染了微酡的秋霜，水杉外边是稻田，十月的艺术作品还留在田间，两只巨大的蝴蝶落在那里，秋天将梧桐叶纷纷扬扬落在了它们身上。

接着，会有一只小奶狗站在村口的花坛里迎接你，你可以抚摸它的小脑袋、小后颈，它一动不动。我想让你把它抱进怀里，它非常温顺，又乖巧又可爱，是个小黏人精。

村里还有更多的狗，但是你不用害怕，它们见到生人不会乱吠，它们是见过世面的狗。村子里经常举办艺术节，它们见过很多艺术家，看过很多画展，它们是有艺术气质的狗。它们悠闲地漫步在稻田边的小道上，秋日的阳光落在它们毛茸茸的尾巴上，就像落在金色的狗尾巴草上一样。

我要带你去看村中那棵老樟树。这是一棵700多岁的香樟，胸径6.55米，树高30多米，树冠冠幅30米×30米，它沉稳地驻守在这片土地上，像一座塔，一座山，一片苍穹。在它的身上看不出季节变化，此时的它依旧像盛夏一样浓绿着，看不出一丝一毫疲惫。古老的香樟树下，适合听叶子唱歌，唱的是一首很古老的歌曲。你不妨也听听，我猜它们正在唱《越人歌》里的那句："山有木兮木有枝，心悦君兮君不知。"

我特别想爬到古樟树的枝丫上，看看能不能看到富春江的水。

七百多年的光阴它都看过了，而我只想和你坐在树上，看一个黄昏。

离古樟不远，就是罗家大屋，厅堂布置得明亮简洁，窗花和梁枋的木雕古老而有匠心。如果你也是 11 月 14 日来的梅蓉村，刚好能参加我们在罗家大屋举办的民宿生活美学活动和《借庐而居》新书分享会。在这里，你可以遇到溪山深渡的主人李梅，长得高挑白净，她不希望民宿的宣传太过商业化，想尽一切可能保留民宿的安详与宁静；文旅局的雷局长，真诚，热情，她恨不得将桐庐最好的一切统统拿出来展示给我们；图书出版人周华诚，分享了做一本民宿生活美学之书的初衷；作家简儿用散文诗一样的语言讲述她遇到的民宿和民宿人……

大家有说有笑，你看，他们都是眼里有星星的人。

我也想告诉你，那个春天我在桐庐民宿采访的琐碎事情：立春，我在郑城村的山谷里放了风筝，风筝怎么也飞不起来，还一头扎进了油菜花田里；小满，我坐在"未迟"民宿的沙发上，看到一幅 3 米长窗中的实景《富春山居图》，近山远山，绿水长河，分明就是一幅活着的山水长卷啊！桐庐山美水美，我不止一次想起清人刘嗣绾的那首《自钱塘至桐庐舟中杂诗》："一折青山一扇屏，一湾碧水一条琴。无声诗与有声画，须在桐庐江上寻。"还有在"蘑菇屋"民宿，我问了很多人他们向往的生活是什么？一个客人写下了这样的话：要站在自己热爱的世界里，闪闪发亮！

你如果不嫌烦，我还有很多很多想和你分享！

分享会结束，你还会遇到一个插花的桐庐姑娘。

她还在读研究生，读的是植物学，一直在和草木打交道；她还会端来一小碟子的香榧请你品尝，那是她自家种的，她会告诉你，每颗香榧子上有两只眼睛，叫西施眼，手指轻轻往两只眼睛上一按，啪，香榧子就打开了。

罗家大屋里有一张圆木桌，我特别喜欢，红漆淡了，露出淡木桌面，还有好闻的木头香气，圆桌边缘雕刻的花和鸟，裹起了岁月的包浆。偷偷告诉你，我曾悄悄试图将它抬起，但是太重了，我抬不动它。村庄里的一切都是沉甸甸的，沉甸甸的短墙，沉甸甸的古屋，沉甸甸的古树，沉甸甸的打稻机，你带不走任何一样东西，但是你可以带走短墙上、古屋里、古树下、打稻机旁的一本书。

"稻田读书"编辑部的小伙伴们在梅蓉村放了300册《借庐而居》，任何人都可以带走它，读完后，再传递给下一个读者。

偶遇、传递，多么美好而文艺的事情。

如果你来晚了，也没关系，我会单独寄一本给你。

其实，我最想和你一同睡在桐庐山水间的一间房子里，房间四面都是绿；或者枕着溪水也不错，就让那哗啦啦的水声灌进我们的耳朵，反正那样的夜晚，我们谁也不可能睡去。

南湖送徐二十七西上 —— 唐·刘长卿

家在横塘曲，那能万里违。

门临秋水掩，帆带夕阳飞。

傲俗宜纱帽，干时倚布衣。

独将湖上月，相逐去还归。

刘长卿在嘉兴南湖送别友人，说："我愿意独自追随着南湖上的明月，相去又相回。"

白日里的南湖，我是游览过的；夜晚的南湖，却是第一次游览。

我跟着嘉兴的王加兵老师，登上南湖的夜航船，听同船的朋友吟诗、歌唱，听王加兵老师讲写作的使命感，因为有了一群志同道合的朋友相陪，便觉得这一晚的南湖水、南湖月、南湖树、南湖风，都更令人难忘些。

夜航船

我们坐在南湖的夜航船上，沿着古老的护城河一路前行，穿行无声，一只只苍鹭站在河边垂下的柳条上，湖中塔影，晃晃荡荡，水蛇般扭动着橘黄色灯影。

王加兵老师指着船尾拉出的水纹说："你看，这样的水波像绸缎一样，丝滑，轻柔，高贵，美好。"

怪只怪这夜色太美，我们聚在一起，反复提到"美好"二字，提得多了，竟有用滥之嫌。但是，这一瞬是真的美好，没有过去，没有未来，只有眼下的水，在夜色中黑沉沉的，如黑色绸缎，丝滑起伏。

同船的阿斐大侠唱起一段《笑傲江湖》的主题曲："沧海一声笑，滔滔两岸潮，浮沉随浪只记今朝……"唱得情深义重。

阿斐大侠是金庸迷，安徽人，因为喜欢金庸，定居嘉兴。阿斐大侠记忆力甚好，出口成诗，他的嗓门清亮，船行桥下，声音在桥洞里，一敞开，一回旋，仿佛有了立体声，将一条窄河激荡起翻滚的波浪。

当他唱"清风笑，竟若寂寥，豪情还剩了一襟晚照"时，歌声已如湖面般风平浪静，此时船只缓缓滑行在绸缎般的水面上，泛出一条条饱经风霜的鱼尾纹。

南湖与西南湖，两湖相连形似鸳鸯交颈，并称鸳鸯湖，也叫鸳湖。

王加兵说，鸳湖一曲，转眼，浮生皆若梦。

因王加兵《我喜欢你是寂静的》一书结缘，他开新书会，我从杭州赶来嘉兴参加，用了晚餐，又一同乘上南湖这艘夜航船。

他对南湖是热爱着的，夜晚喝了酒，拉着我三句不离南湖。他说，乾隆下江南，也像我们这样坐船，只是湖边的景象不同，如今多了高楼，多了仿古建筑，但这片湖从没改变，多少年了，都没改变。

他又说，写《我喜欢你是寂静的》这本书时，欲写南湖月，凌晨四点一人来到月影亭，痴痴望着一月一亭一湖水，坐得足够久了才回家，妻仍在睡。他说，还有一次，坐夜航船登小瀛洲，在岛上流连忘了时间，竟错过最后一班船，打电话给 110，才得以解救，离岛上岸，竟还省了船票。

写书之人，总有些"傻"气。

一辆绿皮火车从眼前驶过，一个个方格子窗中亮着橘黄色的灯光。"我数过，一列火车驶过的时间只有 30 秒；而这趟夜航船，一圈 6.6 公里，正好 1 小时。30 秒、1 小时，不同的旅程，都是那么一瞬。"他道。

好似想要紧紧抓住时间，不让它离去。

我们怎可能抓得住时间？

"只有诉诸文字。"他说。

只有文字，才能永恒。

《我喜欢你是寂静的》原是智利诗人聂鲁达的一首情诗。这首诗写于聂鲁达四十多岁。

王加兵在新书会上，朗诵了这首诗：

我喜欢你是寂静的，

仿佛你消失了一样，

你从远处聆听我，

我的声音却无法触及你。

好像你的双眼已经飞离去，

如同一个吻，

封缄了你的嘴。

如同所有的事物充满了我的灵魂，

你从所有的事物中浮现，

充满了我的灵魂。

…………

爱情怎可只属于二十岁，四十岁、五十岁也该有这般的爱啊。

他用《我喜欢你是寂静的》作为书名，大约想要诉说他对鸳湖的爱吧，同爱情一般伤感无怨的爱。

回首湖山，多少沉浮，淡月清风，山归水隐，诗酒流连，灯火笙箫，他全部编织进文字。

他拉着我，语重心长道："婉玲，你不要看轻自己。我们写作的人是有使命的，我们记录下这些文字，是有价值和存在意义的。"

后来，我时常想起他说的这句话。他用了"使命"一词，让我颇受感动，甚至微微盈上了眼泪。

"使命"，多么了不起。

我们记录，我们做些在外人看来的无用之事，才是真正的有用之事。

我们微不足道，但我们要肯定自己。

早起的珠颈斑鸠，堤岸的杨柳春烟，傍晚的秋水长天，无论是大是小，是浓是浅，总得有人记得，有人记下。

我在夜晚读《我喜欢你是寂静的》，鸳湖风物多，故事多，并不寂静，反倒充满生机，合上书之后，却觉心中寂静，心一静，整片湖山都挤满了。

生活会过去，所幸，文字留下来了。

题杭州孤山寺

—— 唐·张祜

楼台耸碧岑，一径入湖心。

不雨山长润，无云水自阴。

断桥荒藓涩，空院落花深。

犹忆西窗月，钟声在北林。

　　张祜去孤山寺的路上，正巧遇到了白居易，两人一同游西湖、漫步孤山。

　　张祜从孤山寺归来，便写下了这首诗。

　　如今的孤山一带，可赏可看的颇多，西泠桥畔的苏小小墓、林和靖的放鹤亭、留在西湖过冬的鸳鸯，行至孤山顶，可以在望得见西湖的暖阁里喝一杯茶，也可以坐下写一张明信片，寄给远方的朋友。

游孤山

惦念北里湖的鸳鸯们，许久未见它们，便择一晴日出门，游孤山。

断桥不断，孤山不孤。

孤山从未孤单过。

桥头的慕才亭，聚集了一群游客。慕才亭里有一座衣冠冢，葬着一个女子的故事。这个女子名叫苏小小。小小，小小，光是念念名字，都觉温柔可人，何况还是个有才情的女子。

有才情的女子，更易多生出一些故事来。

苏小小就像秀丽的西湖，一两点幽兰，三四点柳絮，小小油壁车，驶过西泠桥，停在松柏下，笑得天真烂漫。

不知曾经与她相爱过的那个阮郁，是否曾"小小、小小"地唤过她，或者在冷翠烛的微光里，听她悠悠吟唱。多好，两情相悦，郎才女貌。苏小小本也是受宠的富家独生女，只是父母离世，留下小小的她。纵有再多才情，能交付的只是一副歌喉。看似众人倾慕，实则孤苦飘零身份低。

阮郁父亲嫌她是歌女，便将阮郁关在家里，不让两人相见。伤心绝望的苏小小卧床不起。

小小一座亭，满冢爱恨离苦。北里湖的鸳鸯们，依旧成双成对，浮游在水面。

曾经，孤山也是有过鹤的。

鹤的主人是北宋隐匿诗人林逋，林逋有三大爱好，写诗、种梅、养鹤。二十年足不及城市，终身不仕不娶无子，自诩"以梅为妻，以鹤为子"。鹤与梅，生性高洁，皆有仙气。传林逋死后，他的鹤在他身旁哀鸣而绝。人们把鹤葬在墓侧，是为"鹤冢"。

孤山是西湖的一个岛屿，不高，三十余米。锦鲤游于山顶水池，山头的四照阁四面玻璃门，可望湖水如绸，现改成了中国印文化主题邮局。

邮局里暖融融，我推门而入，邮局的茶室，坐着一圈人，在谈论白居易。我买了几张邮票，阖门退出。

移步四照阁边的石凳石桌，我想要写一张明信片寄往远方。每次都为写什么头疼，无论什么语言都无法描绘这个冬天。

"好久不见，今日阳光和煦，但确实是冬天了。我在孤山寄出这张明信片，祝你万事安好。"或者，就留两句诗："不雨山长润，无云水自阴。"

仙鹤去，鸳鸯来。

阴晴有时，万事安好。

问刘十九

唐·白居易

绿蚁新醅酒，
红泥小火炉。
晚来天欲雪，
能饮一杯无？

屋外的天寒地冻和屋内的红泥暖炉形成鲜明对比，这种将雪欲雪的天气，总让人忍不住想要邀请好友来，一起围炉夜话，一起举杯共饮。

这样的冬日，没有什么比一家人围坐一起，吃一顿热气腾腾的火锅更有人间烟火气了。

围炉宴

围炉夜话，窗外白雪飞舞，除了壶里温热的酒，与大雪纷飞最为相配的便是火锅了。

火锅式样不断变化，小时候用炭火炉子，铜锅炉中央有一烟囱，拾几块黑炭放煤炉里烧，烧得红透了心，用火钳夹出置于锅下，锅内汤水沿炉子烟囱一圈，滋滋滋咬着白泡；后来用电磁炉，插电线，清汤、全辣或鸳鸯，因人而异，在重庆，是不敢点鸳鸯锅的，火锅店里起身一望，没有一桌有白汤；现在讲究小火锅，用燃气，一人一炉，小巧精致，想吃什么，自己挑选。

火锅口味，地域不同，各有不同，北京涮羊肉火锅，重庆毛肚火锅，四川麻辣火锅，云南傣味火锅，广东海鲜火锅，香港牛肉火锅……

经常想起成都火锅，成都这座城啊，天生就是为吃而生。甜水面、龙抄手、钵钵鸡、猪蹄豆花，吃火锅前每人先上一碗油，夹起火锅中的青菜就往油里浸，满口吞下的都是油，连春熙路上都飘荡着浓郁的花椒香和辣油香……成都几日，顿顿吃火锅，日日吃火锅，吃完火锅胃里就翻腾，解手完毕接着吃。被花椒使了麻醉术的嘴唇和舌头已尝不出滋味，依然越吃越欢。

在家吃火锅，做得简单，吃得隆重。

电磁炉摆上桌，斩几块排骨或几块鸡，几粒红枣，一把枸杞。菠菜、粉丝、香菇、玉米块，分量十足，光是丸子，就有鱼丸、撒尿牛丸、虾丸、香菇贡丸、墨鱼丸……婆婆会自制蛋饺，纯鸡蛋煎蛋皮，包入剁碎的精肉，奶白汤水咕噜噜，一下一下将蛋饺推在汤面，蛋香溢口。

一盆火锅，摆平众人之口，吃着火锅唱着歌，你爱金针菇，我爱虾滑，他爱涮牛肉，各取所需。

冬日泡完温泉吃火锅最妙，一边白雪皑皑，一边热气融融，室外零下一度，室内光着腿。坐在桌前，要一炉小火锅，一点点下着花蛤、蛏子、明虾、鹌鹑蛋和黑木耳，配一碗自制蘸酱，沙茶、牛肉、芹菜、蒜泥、泰式小辣椒、香菜、葱花，舀半勺香油，一小匙醋，烫过的娃娃菜往酱料里一打转，口中便热烈起来。此时啊，什么橙汁柠檬汁酸梅汁雪碧可乐都好喝。

白居易写："绿蚁新醅酒，红泥小火炉。晚来天欲雪，能饮一杯无？"

张九龄吟："松叶堪为酒，春来酿几多。不辞山路远，踏雪也相过。"

一二好友，光有酒怎么够，一定要有火锅呀！

辑
二

看花去

辛夷坞

— 唐·王维

木末芙蓉花，
山中发红萼。
涧户寂无人，
纷纷开且落。

辛夷花一般指玉兰。

王维住辋川时，其屋外便种有辛夷花。

白的玉兰，紫的辛夷，都是早春盛开的第一拨花。

出门赏玉兰，拉开了我今年书写草木笔记的序曲。

玉兰

　　春风早于绿叶苏醒之前，将一盏盏白色灯盏种到玉兰树上，照亮漫漫寒夜的岑寂。早晨，站于玉兰树下，一树花开，白得耀眼，开得盛大。

　　我一直认为春天是被迎春花叫醒的，前几日走三天竺一路，发现路旁的迎春不过星星点点三四朵，而近处的两树玉兰，却"轰"的一下，一夜间完成满树绽放。

　　玉兰才是春的吹哨人。

　　白玉兰如最早嗅到春暖的白鹭，从远处湖塘飞回，纷纷降落在树上；亦如公子温润似玉，端庄雅正，临风皎皎，贵而不俗，披白雪之衣。

　　紫玉兰又名辛夷花，无论是公园还是山间的辛夷花，总较白玉兰晚开一些。朵朵紫花含苞待放，落于树枝末端，如蘸满春水的毛笔头，顶端还罩着毛茸茸的棕色笔帽；又如才露尖尖角的荷花箭，临风翘首，着一身紫霞。

王维在辋川的山涧有一陋室，他在房屋四周遍植辛夷。辋川的辛夷花，红得发紫，年复一年，灼灼其华。

王维写《辛夷坞》："木末芙蓉花，山中发红萼。涧户寂无人，纷纷开且落。"

王维的辋川在我心中就是一处世外之境。山谷深邃的辛夷坞，等候一年，花开十日。可惜好物不常在，待到新绿生时，徒剩落红满地。

颓败竟如此之快。

早春时节去拙政园。

胡乱在院子里走，水榭楼阁，小桥书画，绢纱的窗户，嵌着大理石的梨花木凳，雕刻龙头的桌脚，假山假石，木桌木椅，对联书画；除了这些，早春的拙政园真没什么看头，危楼风细，古藤枯瘦，灰扑扑，暗沉沉，徒剩些萧瑟。

相比院中陈设，我更爱反复品读拙政园中那一个个亭名、馆名、堂名、阁名，读在口中，柔美异常，念在心里，浮想联翩。

"十八曼陀罗花馆"，为陆润庠所题。陆润庠是个状元，当过末代皇帝溥仪的老师。曼陀罗花即山茶花，案几上有一盆白茶花，花瓣中间带一条红色印迹，像被小猫爪子挠出的血，让我想起《天龙八部》段誉所说的"抓破美人脸"。

西园后角有"浮翠阁"，翠是一种明亮纯粹的颜色。浮翠阁是小姐的花房，旧时小姐足不出户，在小小的八角阁楼里绣花、消夏、吃绿豆糕，园里姹紫嫣红开遍，也无从而知。

"远香堂"，让人闻到十里荷香；"荷风四面亭"，有李商隐"留得枯荷听雨声"之意境；"梧竹幽居"，有《西厢记》"幽僻处可有人行，点苍苔白露泠泠"之幽隐；"听雨轩"，是李清照的梧桐细雨，点点滴滴；"秫香馆"则是一派田园风光，夏天蛙声一片，秋日稻香益清……

如此细心品来，这哪像一户人家哟，分明私藏了无限自然风光。

无论这大园子里有过多少低吟深叹、春怨闺愁、笙歌聚散，都已过去，游人走马观花，没有多少人会沉溺在过去的故事里不可自拔。

拙政园一侧有园林博物馆，里三层外三层挤满了游人。好奇心起，我也围了过去，一看，博物馆里的玉兰花开了，红萼白瓣，出水芙蓉般，是望春玉兰。游人都围着玉兰争相拍照呢！

早春的拙政园还是玉兰花最俏。

春天的哨音，如一道惊雷，待到玉兰一谢，到处春花灿烂，杏桃樱李，灿若繁星，漫天如雪；海棠紫荆，红粉夭夭……真真是乱花迷人，深情似海。

李花

唐·李商隐

李径独来数，愁情相与悬。
自明无月夜，强笑欲风天。
减粉与园篝，分香沾渚莲。
徐妃久已嫁，犹自玉为钿。

　　我家楼下有一株李树，每年春天，先于桃花而发，花朵又白又薄又密，风雨一打，就落了满地。

　　每次见到李花开，就会想起李商隐的这首诗，引发出某种"愁情相悬"的情绪。

紫叶李

如何识别紫叶李？我觉得有两种方法。

其一，观其时间。紫叶李是第一拨开花的春树，早于樱花、杏花与桃花。

其二，观其叶色。紫叶李花叶共生，新叶为棕红色，花柄、花萼与花蕊也为棕红色。因此紫叶李又名红叶李。随着叶片逐渐抽长，树叶先转为绿色，后定为一种淤紫。

实在好看不起来。

不明媚，不清透，远远望着，好似落了一树灰，罩了一树阴天，像害了病一般。

它的"脏脏叶"，将它的簇簇白花衬得更加轻薄、柔弱和胆怯。

一夜雨，说谢就谢。

那天夜里，我看着它在风雨中哭泣，越哭越伤心，身上每片叶子都颤抖起来。它到底藏了多少委屈和不甘，才那样放声哭了出来。那些纤弱的花瓣，哗啦啦落满地，连落下的声音都满是伤感。

夜里的风呜呜的。

它好像从来看不到自己的美，所有盛放都透着悲凉，正如雨后这番零落，再洁白无瑕，最终还是落了个邋里邋遢。

让人回想起那些失去的爱情。

想起胡兰成，喜欢把自己与其他女人的情事讲给张爱玲听。你不得不听，为了承他的好，还装作愿意听。他想要的是什么，她明明清楚，还如棋子般被召唤摆布，徒增一把刀子，插在心口。

纵使张爱玲再有才情，也栽在他手上，卑微成一粒尘埃。

心死了，血都没有流。都到这一步了，纵有再多不舍，也要学会离开。

花落花开，美好的东西总是短暂，如爱之初恋，如烟火瞬间，纵情深处总是暗藏悲伤。

谁都知道，春终究会尽，爱终究会淡。

像一树李花，又脆弱，又急切。脆弱急切，桑荫不徙。这么一树繁花，谢了也就谢了，长出一树红叶，如满树淤青。

想起前几日与娟在诗词小组分享的《梦江南》：

千万恨，

恨极在天涯。

山月不知心里事，

水风空落眼前花。

摇曳碧云斜。

温庭筠多写女子闺情。千恨万恨，恨极在天涯，这恨不是讨厌，是思之深，爱之切，是深埋心底的爱慕与想念。

山月不知，独宿难寐。水面风来，花落眼前。

轻飘飘的一切，托着一颗轻飘飘的、无处安放的心。正如这轻飘飘的李花随风飘零。

而那一树紫红树叶，看起来像遍体伤疤结起的痂。大约是相思的苦吧，抑或是爱而不得的委屈，血堵在那儿，憋得脸都铁青。

一位同做自然观察的朋友曾说："夏天的紫叶李，是最难看的树。"

可紫叶李的心事，谁能知？

奉和鲁望四明山九题·青棂子

唐·皮日休

山风熟异果，应是供真仙。
味似云腴美，形如玉脑圆。
衔来多野鹤，落处半灵泉。
必共玄都奈，花开不记年。

到山中去吧。

皮日休在山中看到野果，认为这些奇异的果子，是供给仙人的。

我在暮春时节进山，山上的野果还未见，但山中帘幕似的金樱子花，已能让人预见到秋天成片的金樱子果"味似云腴美"了。

金樱子

去了一趟村中的大坞龙山，在山顶水库边坐了会儿，水库前有一个向下倾斜的坡谷，四周山林环绕，白色金樱子，红色映山红，在一片苍翠中摇晃。水库两岸被青山夹住，围成一个三角形。水面泛起圈圈波纹，邂逅一场山中微雨是意外之喜，但奇怪的是，明明见着下雨了，雨丝却落不到脸上。

此次刷山，又遇到不少新的花：譬如紫色的毛泡桐，枝头还挂着去年的果，在山中最为醒目；白花龙，长在溪水边，一朵朵向下垂挂，如一盏盏亮着橘黄色灯丝的玉兰灯；长在石壁向阳处的沙氏鹿茸草，灰绿色叶片叠出层层小塔，鹿茸草可用于风热咳嗽、外伤出血，是山中草药；紫色地黄，也是中草药，《医方类聚》中六味汤全方便由"熟地黄八钱，山萸肉、干山药各四钱，泽泻、牡丹皮、白茯苓（去皮）各

三钱"组成。

整个春天，花开得没完没了。

四月的山中紫藤，妖气十足地爬上高大的老松树，在顶端打个结，如瀑布般垂下一帘帘紫色幽梦。山中攀藤植物总是一股子媚劲，媚就算了，还霸道十足，明明是依附而生，却鸠占鹊巢。

此时紫藤谢幕，遍布山中的主角换成了蔷薇科蔷薇属的金樱子。金樱子花朵大而白，一条条垂下来，如帘子般，挂了半坡苍翠。

金樱子不似紫藤道行深，不觊觎高处的老松树，只见其不知从哪棵树上扔下一条白花，悠悠荡荡，悠悠荡荡，好似荡秋千的邻家小姑娘；也有聚成一片花海的金樱子，白花墙般，盖在深深灌木之上，在人迹罕至处，扎堆喧闹，青春逼人。

金樱子花落后，会在秋天膨胀出枣儿般大小的果子，长得像个精巧的梨子，又如插花的土罐子，罐上长满刺猬般的毛刺。因此有的地方叫它刺梨，也有叫糖罐子的。

其实金樱子和刺梨虽同为蔷薇属，但并不一样。刺梨是缫丝花的果子，花朵多为红粉色；金樱子是白花，其果实比刺梨更像梨子。

刺梨味道很酸，金樱子则是酸酸甜甜的。所以金樱子叫糖罐子更妥帖，这名字一听就甜津津的。

当金樱子的青罐变成了红罐，味道就更甜了。

一罐罐的，是不是蜜蜂将蜜酿在了罐子里？据说"罐子"里面装满了毛刺刺的籽，吃到嘴里一粒粒的，并不好受。

越是甜的果实，想吃越不容易。

现在留在村中的孩子不多了，少年、青年、中年都如候鸟般飞来飞去，我问他们吃过糖罐子吗？他们都说没有。其实我也没吃过，我童年时在城里待着，自然错过许许多多野果，不过我将在秋天带女儿再来这片金樱子花海，她的童年或许可以留下这些野果的记忆。

山里的果子多，吃不掉，可以用来泡酒，青梅酒、蓬蘽酒、杨梅酒、猕猴桃酒、糖罐子酒；再者，吃不完的也可以熬成果酱，覆盆子酱、桑葚酱、枇杷膏、金橘酱。

糖罐子做果酱麻烦些，要将果子熬出汁水，加水再熬煮，等到汤水变稠，再加蜂蜜。一小罐金樱子膏要用掉许多糖罐子，不过它富含丰富的维生素 C，有增强免疫力之功效。

这么大一片金樱子，到了秋天该结出多少糖罐子啊，一定很甜吧。

糖罐子，糖罐子，你快快熟吧！

题张十一旅舍三咏榴花

— 唐·韩愈

五月榴花照眼明，
枝间时见子初成。
可怜此地无车马，
颠倒青苔落绛英。

"五月榴花照眼明"，单是这一句，就把初夏石榴花的灼灼热烈写出来了。

榴花

本要去曲院风荷看荷花，行至北山路望湖楼，被望湖楼下几株重瓣红石榴拦截住，绿叶青翠，花开猩红，恰似茜裙初染，狐媚子样让人挪不动脚步。

此前见过的榴花多为红色单瓣，此时见了重瓣榴花，方才明白诗词中"榴花开欲燃"一句的精妙。

郭沫若说："单瓣的已够陆离，双瓣的更为华贵，那可不是夏天的心脏吗？"

砰砰砰的夏日心跳，热烈，纵情，红如凤凰羽翼。

原来小小的石榴花，也能开出芍药和欧月的妖娆，这般红，不觉严暑酷热，只觉热情活泼，一如海边落日烧红的天际晚霞。

杜牧有"一朵佳人玉钗上，只疑烧却翠云鬟"，摘一朵榴花插在玉钗上，红炽如火，可不要烧到佳人的青丝云鬓哦。

佳人簪榴花，美哉。趣哉的是，钟馗也簪花，所簪正是石榴花。

农历五月有端午节，家家户户贴钟馗辟邪，五月又为"榴月"，于是人们奉钟馗为石榴花神。

古人给花取的别称特别好听，蜡梅叫"久客"，荷花叫"泽芝"，杨花叫"狂客"，茉莉花叫"萼绿君"，而榴花叫"石醋醋"。

被"石醋醋"这名字萌到了。

想着它大俗大雅的红，插在彪形大汉钟馗耳后，更是反差巨大的萌。

我拾步上阶，苏轼、王安石都曾在望湖楼留过诗文，如今望湖楼已为茶室兼餐馆，点了份片儿川，坐于最靠近湖边的凉棚下，望着楼下的石榴红艳，绿树荫浓。

西湖水渐满，船行湖上，柳垂堤岸，边吸溜面条，边品读苏轼的《阮郎归·初夏》最好不过：

> 绿槐高柳咽新蝉，
> 薰风初入弦。
> 碧纱窗下水沉烟，
> 棋声惊昼眠。

微雨过，小荷翻。

榴花开欲燃。

玉盆纤手弄清泉，

琼珠碎却圆。

微雨过，小荷翻。榴花开欲燃。多美的画面。

如果说春天的雨细细软软，温温柔柔，斜风细雨不须归；那夏天的雨则是跳跃活泼、欢愉灵动的。"微雨过，小荷翻。

榴花开欲燃"，雨点儿蹦跳，在新出的小荷叶上俏皮滚动，夏风吹过，片片荷叶翻起，水珠们蹦跳着全部落入水中，岸边的石榴花，撑着石榴裙，如点亮的满树灯笼。

"开欲燃"三字，多贴切。红榴花开，是青春的蓬勃和旺盛，只顾开，尽情开，燃烧般地开。

小荷、榴花、清泉，初夏这段时间，与春的万物萌动，秋的天高云淡，冬的肃穆冷冽，以及盛夏的蝉噪林静相比，更有女孩般的轻快明丽，如风铃，叮咚一响，轻盈逝去。

古时描述男子为心仪女子所倾倒，说"拜倒在石榴裙下"。

石榴裙什么样子？

我认为石榴裙应是石榴花的样子，如钟形，从臀部包裹至大腿，将女性的玲珑身段凸显有致，并在脚踝处撑开，缀以层层叠叠纱笼状百褶裙裾，如再配一双酒红色高跟鞋，更是风情万种了。

在唐朝，石榴裙盛极一时。唐朝的石榴裙指色如石榴之红的长裙，从抹胸处垂坠而下，裙袂及地，柔美飘逸。

武则天在感业寺出家，思念李治，写过一首《如意娘》诉衷情：

看朱成碧思纷纷，憔悴支离为忆君。

不信比来长下泪，开箱验取石榴裙。

多日里情思深深，泪水涟涟，神情恍惚，憔悴支离，竟将红色看成了绿色，你不信，开箱看看我的石榴裙，早已泪迹斑斑。

即便是未来的女皇帝，内心仍有石榴裙般的袅袅少女思。

关于石榴裙，我喜京剧《穆桂英挂帅》中的一唱段："想当年桃花马上威风凛凛，敌血飞溅石榴裙。"穆桂英挂帅，沙场陷阵，巾帼不让须眉，策马挽弓，刀剑相交，女帅"血溅石榴裙"的豪情悲壮，与"风卷蒲桃带，日照石榴裙"的婀娜娇姿相比，有截然不同的英气之美。

毕竟天热，一碗片儿川下肚，吃得汗水溙溙，两位茶客向地上丢坚果，引喂屋檐上飞下来的珠颈斑鸠。

我想着还要去西湖赏荷，便在路边取了辆共享单车，匆匆告别望湖楼。

北山路依旧拥堵，我在自行车上想起王安石"荷叶参差卷，榴花次第开。但令心有赏，岁月任渠催"一诗，荷叶卷，榴花开，四季人间，年复一年，总得找些自己热爱的小事，才不负岁月韶华啊。

茉莉

——唐·李世民

冰姿素淡广寒女，
雪魄轻盈姑射仙。

　　唐太宗李世民可能是咏茉莉的第一人，他把茉莉喻为
广寒仙子、姑射仙人。
　　冰姿，雪魄，好一朵茉莉花，谁也比不过它。

茉莉

定期给家中更新绿植，放了一盆茉莉和薄荷在窗台上。喜欢有香味的花草，载着茉莉回家时，车里满是茉莉香，真是令人愉悦。

夜晚，风从江面吹来，云层中的两架飞机相向而行，高楼中的灯光像天上的星一样，坚硬闪亮。

我将室内的灯光关闭，穿着轻薄睡衣站于窗口的茉莉前，窗外低矮居民楼的楼顶摇晃着攀藤绿色的影子，江水深沉，如一条条灰色皱纹。

明明是夜晚，眼前一景一物却异常明亮。

茉莉是喜阳植物，白天黑夜花开不断，散发着馥郁的香气，浓到人头脑发胀。

我觉得茉莉比栀子更有天生的贵气。

整个民国时期的上海，都弥漫着茉莉的香气。小姐太太
们娇俏的身段被丝绸旗袍包裹着，在一声声"侬好，侬好"中，
飘散出茉莉的芬芳。

上海田子坊的市巷，隔几家便有卖茉莉雪花霜的商店。
圆饼形的铝罐，罐上印着黑白老照片，上面的旗袍美人，鹅
蛋脸，吊梢眼，手怀琵琶。三十年代的老上海，就是这般复古。

只是，当一种香浓郁过头，是否就会变得苦涩？

张爱玲《茉莉香片》开头便写："我给您沏的这一壶茉
莉香片，也许是太苦了一点。我将要说给您听的一段香港传
奇，恐怕也是一样的苦。""您先倒上一杯茶——当心烫！
您尖着嘴轻轻吹着它。在茶烟缭绕中，您可以看见香港的公
共汽车顺着柏油山道徐徐地驶下山来。"

明明这么香的花，为何沏出了一壶苦的茶？

在我小时候住的小城，一到这个季节，就能在街头遇到
卖花的妇人，白兰花一朵一朵卖，用铁丝串住，系挂在衣服
的纽扣上，香味丝丝缕缕；茉莉花呢，用白棉绳连成一串，
做手链，做项链，衬得肤白如雪。

从古至今，姑娘们都有戴茉莉的喜好，茉莉戴发间，洁
白素雅，再好看不过。苏东坡有诗"暗麝著人簪茉莉"，清
代王士禄有"香从清梦回时觉，花向美人头上开"，江南民
歌《茉莉花》唱："我有心采一朵戴，又怕那看花人将我骂……"

娟小秀气的茉莉，清秀可人，江南味儿十足。有姑娘用未开花的茉莉花苞做成垂挂耳饰，更是匠心独运，煞是好看。

后来的好些年，都未遇到卖白兰花和茉莉的妇人。去年夏天，在立交桥的红绿灯前偶遇了一个卖花老婆婆，头上盖一条洗得发白的湿毛巾，手中持一铝制饭盒，饭盒里的纱布上齐齐整整铺摆着白兰和茉莉，白兰骨骼清奇，茉莉珠圆玉润，她敲我们的车窗，让我们买花。

我买了一串茉莉挂在车内，付了两枚硬币，老婆婆在车流中躲躲闪闪。

云爸说："你不该买这串花。这里是机动车道，行人根本不该在这上面。只要有人在这买她的花，她就会不断在这儿出现，车来车往，有多危险！"

我回头看了一眼老婆婆，她的背有些驼，烈日将她的皮肤晒得如同干裂的大地。我心中有些难过，好像做错了什么，又像是喝了一口苦涩难咽的茉莉香片。

"啪"的一声，记忆中的奶奶站在身后，用扇柄敲了一下我的头："动作快一点，这么晚了作业还没写完！"窗口的茉莉，一到夜晚就纷纷开放，花香一路爬到冰冰滑滑的竹席上。

我再一回头，没有了老婆婆，也没有了我奶奶，只有车流和车顶蒸腾的热气，模糊了视线。

好一朵茉莉花，满园花开，比也比不过它。

芭蕉 —— 唐·杜牧

芭蕉为雨移，故向窗前种。

怜渠点滴声，留得归乡梦。

梦远莫归乡，觉来一翻动。

芭蕉是最具诗意的植物之一，种在窗前，栽在墙角，无论是雨中、雪后、风里，芭蕉叶摇，皆可入诗、入画、入梦。

芭蕉

　　贴着瓷砖墙角的那一株芭蕉树大概是我们公司大院里最后一点浪漫了。《红楼梦》里探春喜芭蕉，其"秋爽斋"里有芭蕉和梧桐，并自称"蕉下客"。我与墙角的那株芭蕉靠得很近，只隔了一扇铝栅栏窗，每每抬头便能望见。因着这株芭蕉，我假想自己身处园林，到处有假山石隙，芭蕉当窗，尽染绿意，于是我也学探春，自称"蕉下客"。

　　夏日芭蕉，绿天如幕，绿荫为盖，若能蕉下午睡，似有无上清凉之感。蕉下眠的体验是不可能会有的，中午午休，我一般坐着睡，座椅上放一靠枕，身子往后一靠，也能快速睡着。我想着墙外这株芭蕉离我不远，醒来便能望见蕉叶如盖，四舍五入，便当自己"蕉下眠"了。

　　杭州七八月多台风，每当大风摇起芭蕉大叶，总能升腾起一些诗意来。李清照的"窗前谁种芭蕉树，阴满中庭。阴满中庭，叶叶心心，舒卷有余清"；徐渭的"萧然长衲绿衫翁，听雨勾风事事中"；关汉卿的"风飘飘，雨潇潇，便做陈抟睡不着。懊恼伤怀抱，扑簌簌泪点抛。秋蝉儿噪罢寒蛩儿叫，淅零零细雨打芭蕉"……诸多美好的诗词，就像打落在芭蕉叶上的雨滴，啪啪嗒嗒落下来。

雨打芭蕉，阴满中庭，叶叶心心，听雨勾风事事中。望着窗外这一片葱翠，想着美的词美的句，好似真能驱散些身处办公室的无可奈何之感。

诗词中的雨，无论是芭蕉夜雨，还是梧桐夜雨，都含有些泣泪到天明的悲戚之感。但在我看来，听雨，或缠绵，或欢快，或阴郁，都是充满韵味的，荷塘听雨、竹林听雨、芭蕉听雨，皆有不同意境。沈周的《听蕉记》写得充满画意：

> 夫蕉者，叶大而虚，承雨有声。雨之疾徐、疏密，响应不忒。然蕉何尝有声，声假雨也。雨不集，则蕉亦默默静植；蕉不虚，雨亦不能使为之声。蕉雨固相能也。蕉，静也；雨，动也，动静夏摩而成声，声与耳又能相入也。迨若冚冚潏潏，剥剥滂滂，索索淅淅，床床浪浪，如僧讽堂，如渔鸣榔，如珠倾，如马骧，得而象之，又属听者之妙也。长洲胡日之种蕉于庭，

以伺雨，号"听蕉"，于是乎有所得于动静之机者欤？

匝匝涯涯，剥剥滂滂，索索渐渐，床床浪浪。其声潇潇，其形潇潇，挥挥洒洒，皆可入诗、入画。

除了雨打芭蕉，雪里芭蕉也是极美的。杭州城区不易下雪，极少见到"雪里芭蕉"一景，只能到古画中去见之。王维画《袁安卧雪图》便有雪里芭蕉一景。清凉雪国，芭蕉长绿，蕉叶盛雪，白里透绿，清寂无上。不过《袁安卧雪图》原画早已失传，后人谁也不知道画里画的是什么，我更是没见过，但就凭前人提到的"雪中芭蕉"这四字，便足以在脑中形成一幅生动的画面。芭蕉的那一把把大绿，衬着冬雪的那一片片大白，就是一幅极美的古画。

蕉荫午眠、芭蕉夜雨、雪里芭蕉，在我看来，为芭蕉最美三景。

暮秋独游曲江

唐·李商隐

荷叶生时春恨生，
荷叶枯时秋恨成。
深知身在情长在，
怅望江头江水声。

　　写荷花的诗很多，李商隐借荷叶的生、荷叶的枯，追忆妻子，情思绵邈，读来悲凉哀伤。
　　一朵荷花，它所蕴涵的情感，亦有千百种。

荷
花

　　朋友送我一本日记本：《荷》。尤为喜欢，《读库》系列的本子，灰色布封，素雅简洁，一如残荷之美。

　　日记本中收录了周思聪的水墨荷花图。第一次翻到她的《茅屋图》，惊得说不出话。依旧是灰墨色的晕染，荒野草地间，有两间白墙灰瓦小茅屋。黑云翻滚，天降瓢泼大雨，雨线密如水柱，空中竟下起了荷。一片片荷叶从天而降，凄凉的大风大雨，却有一番静气。

　　周思聪创作这幅画时，已被类风湿病痛折磨，她每天服用两片激素，仍时有病痛困扰，甚至不能握笔，只能用僵硬的中指、食指夹着毛笔，竟画了一百多幅画作。

　　困窘之下，心中下荷，何等了不起。

　　她说，从孩童时起，只钟情于画画，没想到会干别的，今生如愿以偿了，若真有来世，她仍会这样选择。

一直以来，不敢写荷花。周敦颐说："予独爱莲之出淤泥而不染，濯清涟而不妖。"荷有清傲之气，荷香远远来，若即若离，层层递进。那么大的花朵，大到近乎招摇，让人不能亲近。

欧阳修任扬州知州，夏日酷暑，邀友人到平山堂消夏。文人雅聚，自然要有些清丽的玩法。欧阳修命人到湖中折取荷花百枝，取出荷花一朵，轮流传递，每人摘取一瓣荷花花瓣，摘到最后一片花瓣的就得作诗一首。如此游戏，与击鼓传花、曲水流觞有异曲同工之趣。

欧阳修的荷花，雅得紧，有文人之气；西湖的荷花，是大家闺秀，有端庄之气；前阵驱车环洱海自驾一圈，觉洱海荷花，有浪漫之气。

洱海大体是安静的，洱海的荷花好似开在海上，自由，沉静，小鹭鹚游于花旁。我们站在高处堤岸望向这些荷花，层层叠叠，气韵不凡。这些不受拘束的浪漫之花，终于摆脱了在江南园林、庭院中的拘束感。

晚餐在大理古城梅子井饭店吃到一份荷花餐，圆形餐盘，中间置一朵盛放的荷花，外一圈用粉白色荷花花瓣做盏，花瓣中盛的是切得细碎的荷叶、莲子、脆藕，连着花瓣整个塞到嘴里，味苦，但清凉去火。

可以食用的荷花，是可亲可近的。你的味蕾如那条鱼，一会儿游于莲叶东，一会儿游于莲叶西。十里荷香，像是兜着条蓝印花围裙的田头女孩，天真烂漫，你一招呼，她就笑盈盈地走来。

夏日将尽时，在花市买了一束莲蓬，莲蓬很小，莲子也很小，置于空瓶中，任其自然风干，成一具硬邦邦、铁铮铮的骨骼。摇动其中一枝莲蓬，莲子在莲蓬中沙沙作响。

关于荷花的诗，最近常读李商隐的《暮秋独游曲江》："荷叶生时春恨生，荷叶枯时秋恨成。深知身在情长在，怅望江头江水声。"

荷叶初生之时，李商隐便已看到悲伤隐匿其中。李商隐的一生都在为生计奔波，少时失怙，十岁起便"佣书贩舂"，为人抄书舂米，补贴家用。成家后，与妻子也是聚少离多，其妻患病，依然不得不辞别千里，无法相伴；后来短暂相聚，却又遇妻病殁。"深知身在情长在"一句，无限凄婉，虽然知道只要身在人世，情意便能地久天长，但是啊，即便情深意绵，仍敌不过江水流逝的惆怅悲伤。

且不说，一株荷，其茎、其叶、其花、其果，均能为人所用；就说一枝荷，它所蕴涵的情感，亦有千百种。

因此，仍不敢写荷……

紫薇花

唐·白居易

紫薇花对紫微翁，名目虽同貌不同。

独占芳菲当夏景，不将颜色托春风。

浔阳官舍双高树，兴善僧庭一大丛。

何似苏州安置处，花堂栏下月明中。

整个夏天就属紫薇最妖娆了，一团团，卷卷如木耳。花红百日，唯它独美。

紫薇

　　台风裹挟着大雨骤然来袭，河边芦苇俯身浸入水中，混杂着黄色泥土的水流漫过石阶，一只青蛙跳上岸，树林中的紫薇花湿漉漉的，被打落一地。

　　每一朵紫薇花都如一条打着褶边的短裙，淡粉、深粉抑或新娘白，在枝条最顶端，花团锦簇地压下来。据说还有一种紫中带蓝色的，叫翠微，我还未见过。

　　白居易写《紫薇花》：

　　　　紫薇花对紫微翁，名目虽同貌不同。
　　　　独占芳菲当夏景，不将颜色托春风。

　　八月的风光，紫薇芳菲独占。

白居易曾担任秘书省校书郎，秘书省隶属中书省，白居易喜紫薇花，自称紫微郎、紫微翁。"紫微"在唐朝为官名，中书省又名紫微省，中书令为紫微令。紫薇花攀得官名，流传下不少诗句，周瘦鹃却说紫薇不幸，"竟戴上了个官的头衔，就觉得它俗而不韵了"。

白居易又有一句"独坐黄昏谁是伴，紫薇花对紫微郎"。汪曾祺认为"紫薇花对紫微郎"使人觉得有点罗曼蒂克的联想。他说，石涛和尚画过一幅紫薇花，题的就是白居易的这首诗。紫薇颜色很娇，画面很美，更易使人产生这是一首情诗的错觉。

打车去浙江美术馆看纪念汪曾祺诞辰 100 周年的画展，其中也有一幅紫薇。汪曾祺画的紫薇像两团云，是被傍晚霞光染红的两团云，点点黄色花蕊，则是阳光透过云团的金丝箭头。紫薇团团，是一种安静的怒放。

看完画展，骑车回单位，美术馆侧门的紫薇正开着，我兜着风，轻快地穿过这几丛紫薇，突然间，也有了一种罗曼蒂克的味道。

紫薇树，又叫痒痒树。紫薇为何怕痒？有一种说法，紫薇树没有树皮，一搔就痒；还有一种说法是因为紫薇的树干上下粗细较均衡，花开枝条顶端，树梢沉沉垂下，因此对震动较为敏感，易摇晃。

每日路过小公园，我总会特意走到紫薇树下，悄悄挠它几下。有一条小狗，一动不动，歪头看我，那神态，如个淘气小孩，充满狐疑。当我挠动枝干，紫薇树整个摇晃起来，也不晓得是真痒痒，还是被天上的大风吹动，小狗"汪"的一声叫起来，拔腿就跑，跑得太急，还滑了一跤。我忍不住笑它。瞧它那慌慌张张的样子，也许认为我是有法术的巫婆呢。

第二日，我又路过紫薇树，这会儿无风，我站定半分钟，确定叶子确实纹丝未动后又钻到树下，挑了一条光洁的枝干，轻轻用指甲挠它。果真它又抖动起来，但不剧烈，只有最靠近枝干的两条对生倒卵形绿叶，微微颤动。我不停，它也不停。若是紫薇能发声，不知此时它的笑声是"哈哈哈"还是"嘻嘻嘻"，抑或"呵呵呵"。也许它早已笑得喘不过气拼命求饶了。想到这儿，我也不禁笑了起来。小云站在树下，说："它怕痒痒的样子，像冬天吃了冰棍冷得直哆嗦。"

八月紫薇花开的季节去西双版纳，正巧，道路两边种的也是紫薇，也正开着花，紫红色。只是西双版纳的紫薇，无论树叶，还是花朵，都是江南紫薇的放大版。"紫薇花怎可这么大，叶子也是，整体都放大了。这是紫薇吗？"我坐在车里一遍遍问。向导肯定地答："是呀，这就是紫薇。"

热带雨林的植被仿佛被注射了生长剂，花朵、树叶、树干都被放大，就连被我们误认为草本的矮株含羞草，到了这儿，也长成了含羞树，比人都高。还有中科院西双版纳热带植物园里的王莲，在水中如一个个巨大圆形澡盆，可以承载六十公斤的重量。

嵩山采菖蒲者

—— 唐·李 白

神仙多古貌，双耳下垂肩。

嵩岳逢汉武，疑是九疑仙。

我来采菖蒲，服食可延年。

言终忽不见，灭影入云烟。

喻帝竟莫悟，终归茂陵田。

李白在山中遇到一个采菖蒲的人，疑为神仙。

这个采菖蒲的人说："我来采菖蒲。食用菖蒲，可以益寿延年。"说完，就不见了，化为一缕云烟。

菖蒲有山林气，有仙气，我想把它移到室中来。

菖蒲

前阵子，朋友说在家中新置了智能马桶盖和衣物烘干机，瞬间感觉提升了生活品质；前阵子，我用旧盆新种了一束小菖蒲，菖蒲边铺了一圈软茸茸的朵朵藓，喷了水，鲜活水灵，也觉提升了生活品质。

菖蒲居于"四雅"之首。"雅"这东西，非金钱可计算也。古人爱兰，大抵相似。

一泥一草，置于案头，蓬荜生辉，大约是出于深山水涧，其遗世独立的孤傲品性，一扫室之俗气。

菖蒲越小越美。

挖一株形美的菖蒲要入深山，涉溪谷。山泉菖蒲有山林气。

读书时，左手边置一盆菖蒲，右手边一杯菊花茶，菖蒲

用于"洗眼"，花茶用于醒神。菊花有秋日暖阳之味，菖蒲
有山涧溪泉之声。温雅清峻，淡泊隐逸。

　　周华诚的书桌上也有一株菖蒲，从他的朋友圈看到的，
称不上一株，不过两三根。石头倒是不错，形态像一座敦实
伟丽的山。石和草，都是山间寻常之物，放在书桌上，就雅了。
周边是堆叠凌乱的书籍，一草一石反倒成了宝。

　　若狂家也养菖蒲。在她露台花园做客，西面阳台最外边
置了一排菖蒲，一株株栽种在青色瓦当里，一抹土，一簇绿，
每一株都不一样。即便在一片花团锦簇中，这几瓦菖蒲，依
旧清高雅致。山间精灵，自有卓尔不群的清凉气。

　　在临安芙蕖小筑采访民宿主人，她的茶桌上也有一株菖
蒲。她给我们沏了武夷岩茶，给我们讲述花与良辰。她说，
山野的花，有天真浪漫的山间气质，用其插花，优于城市园
圃中的花材。

　　我也养过菖蒲，网上购买的黄金姬菖蒲。姬，在这里是
小的意思。姬月季，也称迷你月季，高不过五六厘米；小弧
斑姬蛙，是寻常池塘里个头儿最小的蛙。

　　我养过的两盆菖蒲，小而茂盛，绿得纯粹。第一盆泥上
覆青苔，第二盆盖的是赤玉土。

　　你说这菖蒲像谁？

　　骄傲，孤僻，却又娇贵。

你得好生伺候着，稍有不在意，比如忘了浇水，马上给你颜色看。顶端一段段枯萎下来，好像一次就对你伤透了心，一夜枯了头。原本高洁雅俊的一盆草，一下从绛珠仙草成了一盆路边枯草，普通极了，颓败极了。

就是不让你懒惰。

我不甘心，不就落下这一两回嘛，下回一定好生伺候你。

只是，即便有下回，再也好看不到曾经的模样。

我连连哀叹，抱起电脑转身走。

雅，这东西，好是好，不是想要就能要到。

后来，菖蒲是没再养了，养几次失败几次。听闻有本书叫《我有蒲草》，有人专为一株草写一本书，而我最多草草写上几百字。

再后来，我也给家里换了智能马桶盖和衣物烘干机，真的，生活品质果然提升不少。

菊花

——唐·元稹

秋丛绕舍似陶家，
遍绕篱边日渐斜。
不是花中偏爱菊，
此花开尽更无花。

古人多爱菊，陶渊明、孟浩然、杜牧、李商隐、黄巢、元稹，留下了不少咏菊诗作。用元稹的话说，也并非特别偏爱菊花，而是因为菊花开后，这一年再无其他花了。

秋天，去植物园赏一赏菊花，归家泡一杯菊花茶。如此，才不辜负"冲天香阵透长安"的秋菊盛放。

菊花

　　小时候，在我们小城的巷子里，老房子门口，有不少人种菊花，种在废旧的搪瓷脸盆里，脸盆旧到磨了好几个洞，一盆盆的菊花，黄灿灿，蟹爪样，好养也好看。

　　现在很少人在家门口种这种蟹爪菊了，大约是觉得菊花毕竟是放在坟头的，种在门口多少有点不吉利吧。

　　十多年前，朋友搬新家，我走到朋友楼下，看到卖花的三轮车上有一束扶郎花，又名非洲菊，花茎笔直，花瓣亮澄澄，看起来精神极了，便买了一束，送给朋友。女主人见了，欣然收下，她取了一个洁净的玻璃瓶子，插入扶郎花，明媚的橙红给温馨的房间照进了一束光亮。男主人却似乎有些不高兴，对此颇有微词，后来我才醒悟，菊花是祭奠死人的，怎可在乔迁之际送人呢！

我难为情极了，这件事，十多年过去，仍记挂在心里。可是那么漂亮的扶郎花，像太阳一样的扶郎花，有着高洁、清雅、隐逸花语的扶郎花，怎么就不配登堂入室呢！我真替它们喊冤！我为所有菊科花喊冤！

现在还有多少人愿意同陶渊明一样在东篱下种一畦菊花？从前的姑娘，到了秋天，会往发髻上插一朵菊。杜牧《九日齐山登高》写道："江涵秋影雁初飞，与客携壶上翠微。尘世难逢开口笑，菊花须插满头归。"秋高气爽，大雁初飞之日，杜牧和朋友提着酒壶上山，这样的日子，真觉得要将菊花插满头，才不辜负这一场秋日登高，才不辜负人生难逢的开口欢笑。

孟浩然说"待到重阳日，还来就菊花"，菊花酒我没喝过，菊花茶我极爱喝。山野间一簇簇野菊花开了，摘下晒干，便可做菊花茶。开水一冲，一朵朵开放，有秋日暖阳的况味。夏日喝凉的菊花茶清凉，秋日喝热的菊花茶暖心，小小野菊，冷热两相宜。

最喜李商隐写的菊花："暗暗淡淡紫，融融冶冶黄。陶令篱边色，罗含宅里香。"其实菊花何止一色黄，每年杭州植物园有菊花展，白的、黄的、红的、紫的，大有独占花魁、"我花开后百花杀"之气势。每年的菊花展，都能让人领略菊花在中国传统文化中的浪漫和诗意：红衣绿裳、十丈垂帘、蟹爪、醉杨妃、玉壶春、独立寒秋，都是菊花的名字。在感性的中国人眼里，每一朵菊花都是美人，杨贵妃、西施、陈圆圆、穆桂英，但凡有姿色和名气的美人，都能和植物园里的菊花一一对应。

菊花不仅有美人的妩媚，也有将军的英气，黄巢笔下的菊花，便有一种大无畏的浩然之气。

《题菊花》

飒飒西风满院栽，蕊寒香冷蝶难来。

他年我若为青帝，报与桃花一处开。

《不第后赋菊》

待得秋来九月八，我花开后百花杀。

冲天香阵透长安，满城尽带黄金甲。

遍地黄花分外香，不似春光，胜似春光。所有花里，菊花最具战斗精神和帝王气象。

本是中华诗词文化中最闪烁的秋日之花，如今却遭此嫌弃，甚至成为某种不易启齿的隐晦代名词。唉，难受，真替它们喊冤。

竹里馆

唐·王维

独坐幽篁里，
弹琴复长啸。
深林人不知，
明月来相照。

王维隐居辋川，独坐林中，时而弹琴，时而长啸，
深林之中无人知晓，只有明月相照。

南天竹虽不如竹子高大，但可引入院中，其叶潇潇，
也能营造一两点竹里馆的味道。

我们讲诗意的生活，并不在形，更在于意。

有了南天竹的庭院，也可引得明月来相照。

南天竹

　　南天竹，不写作南天竺，正如蜡梅，不应写作腊梅。但其实，我对植物的命名并不那么较真，叫得多了，多个别名又有何不可。何况，地域不同，方言不同，同一植物常有多个名字，紫茉莉，又有叫洗澡花、晚饭花、地雷花的；枳椇，又有叫拐枣、金钩子、鸡爪树的；再如南天竹，别名南天竺、天烛子、红杷子、兰竹，叫法也是颇多。

　　我对草木的识别，大多在毕业后，学校课堂不教这些，纯靠一腔热爱和自学。第一次知道南天竹，是在乌镇的一次旅行，行至茅盾故居，导游指着墙边一株南天竹说，这是茅盾当年手植的。枝条如古藤般遒劲，绿叶如竹叶般潇潇飒飒。南天竹为小檗科南天竹属植物，其羽片对生的薄薄叶子，有竹叶般清清逸逸的君子气。

茅盾故居的南天竹，连带着乌镇的流水、枯树、梧桐雨、村妇、青石板、霉干菜、戏台、乌篷，成了我脑中百转千回的江南怀想。意念中的故乡好像就该这样，有青天的鸟叫墙根的虫鸣，是屋顶的瓦楞深秋的呼灯篱落，是阿婆摇晃地走过石拱桥，是墙角栽着的一树南天竹。

我认为，没有什么比芭蕉、寒梅和南天竹更适宜种在古典园林的绮窗前了。雨打芭蕉是李清照诗中的绿肥红瘦，寒梅著花是王维对故乡事的殷切打探，花窗外的南天竹与窗内的兰花相对，瑟瑟斜阳，花影相重。

南天竹春日开白色细碎小花，秋日结一挂挂红色浆果。上班午休间隙，我有时步行至附近的浙大华家池校区散步。秋日的华家池，层林尽染，梧桐一片黄，水杉一片红。低矮处的灌木丛，藏着一串串艳夺朱樱、堪比珊瑚的红色小果子。枸骨有红果，火棘有红果，南天竹有红果，攀附围栏上的蔷薇也结出红色小果子，不同的是，南天竹全株有毒，蔷薇科的火棘、蔷薇以及冬青科的枸骨是无毒的。

我摘了几颗红色浆果，又从地上拾了几个水杉果球，带回去，收进玻璃瓶子里。

写南天竹的诗句并不多，找到一首清代薛时雨的《一萼红·旧宅中阑天竹独存作此赏之》。薛时雨曾任嘉兴、嘉善知县，后又任杭州知府，留下不少关于西湖的佳词丽句。他

将南天竹写为阑天竹：

古墙东。见一枝濯濯，摇落不随风。

佛国因缘，山家点缀，园林雪后殷红。

曾经过、画阑培植，挺孤芳、留待主人翁。

艳夺朱樱，珍逾绛蜡，色亚青松。

多少名园别馆，叹沧桑过眼，人去梁空。

七尺珊瑚，千林锦绣，繁华都付狂蜂。

最难得、丹成粒粒，耐冰霜、节与此君同。

一任蓬蒿没径，黄月濛濛。

山家点缀，园林雪后殷红。南天竹与红掌、仙客来、蝴蝶兰一同，可以作为年宵花卉。几片叶，一串珠，插在书桌的迷你花瓶里，夜读，一两点红，也有暖意。

梅花

唐·崔道融

数萼初含雪，孤标画本难。

香中别有韵，清极不知寒。

横笛和愁听，斜枝倚病看。

朔风如解意，容易莫摧残。

崔道融说梅花开于雪中，香味别致，清雅得都不知道冬的寒冷。

江南蜡梅，花开于小寒大寒时节，是真正历经数九隆冬；而梅花则开于立春后的二三月，天已转暖。

因此，我始终认为，诗中"清极不知寒"的梅，应指蜡梅无疑。

蜡梅

冬日第一次去九溪。

往常多是夏日来，冷冷溪水，凉凉飞瀑，绿树成荫，连空气都是润的；秋日九溪也极美，红的枫香，红的槭树，深碧的潭水，曲折的溪流，仿若小九寨；春日呢，一年蓬车轴草，花开一片，茶叶刚掐了尖，草色欲滴，哪儿哪儿都绿油油。

冬日九溪人不多，水杉树落光了叶子，为小汀洲铺上厚厚一层棕色的毯子，裸露的湖床飘来黑色淤泥的沼泽气味。

天空虽是碧青的蓝，林中却早早笼上了淡紫色烟雾，夏日哗哗坠落的瀑布几近断流，下过雨的山林，石径湿滑，苔藓和蕨吃饱了雨水，山泉沿着石壁一滴滴滴落，如晶莹泪光。

我们走过石板桥，突如其来一阵花香。"是蜡梅啊！"这香气，幽幽荡荡，丝丝袅袅，仿佛可以抓在手里。蜡梅香极有辨识度，清清寒寒，却又绵绵不绝，冰润清冽，是"冷香"，不似立春的梅，一股子花粉味。

我们循着香气寻花，却被一幢白色房子拦住，这是一间结束营业的茶室，木门紧闭，两个门环重重垂着。蜡梅一定在门内的小院里，未有绿枝出墙，但有幽香暗送。

小区也有两株蜡梅。花开那月，为了闻到途中那点香，改为乘地铁上下班。寒冬腊月，人冻得哆嗦，将羽绒服帽子紧紧扣上，两手交叉含进衣袖。

"真香啊。"每次都忍不住说。

高高一株蜡梅，枝丫伸到了二楼阳台，香味那么冷，花开那么高，花色那么薄，隐在墙角，一副与世无争、与我何干的样子。

蜡梅，一般多用"蜡"字，李时珍《本草纲目》写道："此物非梅类，因其与梅同时，香又相近，色似蜜蜡，故得此名。"苏轼在《蜡梅一首赠赵景贶》一诗中道："天工点酥作梅花，此有蜡梅禅老家。蜜蜂采花作黄蜡，取蜡为花亦其物。"

也有用"腊"字的，温庭筠《途中有怀》有"腊后寒梅发，谁人在故山"，因其花开于腊月，故又有"腊梅"之写法。

虽说蜡梅不是梅，但古诗所说"凌寒独自开""为有暗

香来"，总觉得用于形容蜡梅更贴切。江南蜡梅，从小寒到大寒，茂盛花期历经数九隆冬。而那些在古诗中频频出现的江梅、朱砂梅、宫粉梅、绿萼梅，通常开于立春之后的二三月，天气转暖，朱红粉黛，蔚然一片，热烈得很，妖媚得很，很难将它们与"傲骨""凌寒"等字样联系起来。

始终觉得只有蜡梅才配得上"寒梅"二字，鹅黄素淡的花骨朵，掩映在冬日颓然的黄绿叶子中，含蓄淡泊，有"无意苦争春，一任群芳妒"之气质。

下班到家，已是晚上七点，天色黑透，半弯月亮高悬，我站在树下赏夜花，剪剪黄色蜡梅，如一盏盏灯笼，借来月亮微光，点了满枝。

这株是素心蜡梅，花瓣椭圆，内轮花被金黄。素心二字极好，似一名穿着层层薄衫的仙子，仙袂飘兮，云堆翠鬓，纤腰楚楚，满额鹅黄。

还有一种叫狗牙蜡梅，花瓣狭长，顶端钝尖，内轮紫红色，曾在植物园见过，狗牙蜡梅不如素心蜡梅香。

今日剪一枝蜡梅，插在瓶中，供在书前，独一枝，如一枝发簪。

板桥晓别

唐·李商隐

回望高城落晓河，
长亭窗户压微波。
水仙欲上鲤鱼去，
一夜芙蓉红泪多。

　　李商隐说的水仙不是种在水中会开花的"水仙"，
但我觉得眼前这盆种在水中会开花的水仙，却像是李商
隐说的会骑鲤鱼飞上天的"水仙"。

水仙

　　每年都会应季买一盆中国水仙，虽是冬天的花，却最好养，一个简陋盆子，几粒光洁的鹅卵石，清水一碗，球根一放，自然会抽根发芽。养了几年，也养出了点经验，水仙也需阳光，总放在阴暗的室内，叶子会如大蒜般疯长，直至如乱草一堆，全盘倾倒。适当的日照和温度，可以让花叶均得到茁壮成长。

　　今年只买了一个种球，春节过后，发了七个花芽，每个花芽七朵花，共开七七四十九朵花，鹅黄的蕊，嫩白的瓣，簇成一团，如少女般，频频点头。

　　它的花香恰到好处，不似风信子的香浓郁、迷情、放荡，如金发碧眼的性感尤物，将人勾引了去；也非兰花那种难以捉摸的幽幽淡淡，孤僻冷静，清心寡欲。林语堂《人生的盛宴》中写道："我觉得只有两种花的香味比兰花好，就是木榫和水仙花。"水仙的香气，清冷而不淡泊，内敛而不含蓄，仿若从雪中来，冰清玉洁，翠袖清霜，皓如鸥轻。

诗人舒婷是福建人，福建盛产水仙，她在诗中写《水仙》：

> 闽南小女子多名水仙
> 喊声
> 水仙仔吃饭啰——
> 一应整条街

名叫水仙的小女子跑回家，应答声中带来黄昏寂静的水仙香气。

清代李渔爱水仙。他在《闲情偶记》中写道："水仙一花，予之命也。予有四命，各司一时：春以水仙、兰花为命，夏以莲为命，秋以秋海棠为命，冬以蜡梅为命。无此四花，是无命也。一季夺予一花，是夺予一季之命也。"

李渔倒是非常有趣之人，他把家安在南京，仅是因为南京的水仙最好。有一年新年，他冒雪回到南京，贫困潦倒，水仙花开，却无钱购买。家人说，你要克制，一年不看水仙，亦非怪事。李渔却痛哭流涕，汝欲夺吾命乎？他宁愿少活一岁，也不能少看一季之花。家人执拗不过，卖了玉饰，换了买花钱。

文人多爱花。晋陶渊明独爱菊，采菊东篱下，悠然见南山；周敦儒爱莲之出淤泥而不染，濯清涟而不妖；陆游爱梅，零落成泥碾作尘，只有香如故。但都没有李渔爱水仙这般，如痴如狂。

算算我喜欢的花，水仙、白兰、栀子、茉莉，呵，都是少女之花，芬芳、隽秀，白花一朵朵。喜爱它们的香气，如香水般。不！香水哪有这般层层叠叠、清清透透的香，让人忍不住深呼吸，沉醉，迷恋，心情舒畅，气爽神清。

李商隐《板桥晓别》有"水仙欲上鲤鱼去"一句，当时以为这"水仙"就是指盆里会开花的水仙，觉得将"水仙"和"鲤鱼"放一起，都是水中生物，挺登对。后细究，才发现，此"水仙"非彼"水仙"，诗里的"水仙"，乃战国一水中神仙，会乘鲤鱼，凌波远游。李商隐这首诗，写的是他朋友李郢与情人晓别之事，寄寓情人间"方留恋处，兰舟催发"的离别之情。

冬日难得的好天气，晴空万里，澄江如练，我同水仙一起晒着冬日稀薄的太阳，阳光将对面的白房子照得发亮，窗台晾晒的红色毛衣，随风飘荡。

晒太阳在古语中叫"负暄"，这两个字极好。没有晒过太阳的水仙开不好，长久不晒太阳的人容易萎靡不振。

水仙花开，又是新的一年，我对着水中仙子许了心愿，愿新的一年能拥有更多自由和阳光。

辑
三

滋
味
长

清明

—— 唐·杜牧

清明时节雨纷纷，
路上行人欲断魂。
借问酒家何处有？
牧童遥指杏花村。

杜牧的这首《清明》脍炙人口。

每到清明节，在我们乡下是要吃清明粿的，做清明粿需要摘艾草。

清明前的艾草，懵懂幼嫩，茂盛密集，它们满是绿色的勃勃生机，一年一年，永远剪不尽地生长着。

艾草

　　春天的大地上仿佛都是舌尖美味，蒲公英叶子可以清炒，野葱蛋炒饭是妈妈的味道，马兰头可以凉拌香干，而眼前成片的艾草可以揉进清明团子里。

　　它们成片长在河边坡地上，同样挤在一起的还有紫色的野豌豆和粉色的夏天无。

　　艾草叶子羽叶深裂，和菊花的叶子很相似，叶面青叶背白，用手拨开青绿的艾草叶，上一年枯萎干燥的黑色枯叶仍蜷缩在新叶底下，散发着旧年的草叶香。

　　我坐在路边，俯下身，咔嚓咔嚓，一剪刀一剪刀地切断它们的茎。一同来剪艾叶的还有舅妈和嫂子，大家戴着帽子，只有我将草帽远远丢到草地上，我多么渴望长久地沐浴在春天的阳光里，以摆脱城市牢笼生活的阴郁。

　　舅妈和嫂子一会儿就剪了一大篮，艾叶都要漫了出来。我坐在地上剪艾叶，但剪艾叶并不是我的主要工作，我一会儿就被一旁的夏天无吸引了过去。那么美的粉色花，翘起尾巴，像准备翱翔的小飞机，还有黄色的猫爪草和玫瑰紫的野豌豆花，这一片野豌豆叶让我想起田野里的紫云英，紫云英叶子也是如此对生一片片，卵状，纤薄，枝条如藤蔓般柔软，只是紫云英的叶子比野豌豆叶要来得更扁圆一些。靠近橘子地有一排人家种植的豌豆，攀附在篱笆上，体态和花朵都是野豌豆的好几倍大。

　　我一根根剪着艾草，好似一枝枝剪着春天。阳光轻抚芦苇，春水哗哗，这般重复劳作，无所事事，却异样舒缓，无须快速转动大脑，无须思考太多商业方案，我只是想了想春天的诗句：

> 陌上柔桑初破芽，东邻蚕种已生些。
>
> 平冈细草鸣黄犊，斜日寒林点暮鸦。
>
> 山远近，路横斜。青旗沽酒有人家。
>
> 城中桃李愁风雨，春在溪头荠菜花。

辛弃疾说城里的桃花李花美则美矣，但害怕风吹雨打，只有开在溪水边的白色荠菜花才是真正的春天。

辛弃疾不喜城市繁华，偏爱乡村田野。这大约是我与诗人最贴近的一点。

剪好艾叶拿回家揉面团。

做清明粿可比想象中麻烦。首先，需要一片片择下艾草叶子。去茎、去新芽，三个女人坐在小板凳上，围坐一圈。舅妈和嫂子聊着家长里短，无非是谁家有了媳妇，谁家的媳妇勤快，谁家的媳妇懒惰。我不会说她们的方言，只是安静地听着，艾草汁在指甲缝隙里留下乌黑的痕迹。

嫩叶一片片被掐下，春日午后悠远漫长。

接着，将择好的艾草叶用清水浸泡、煮熟，随后放到砧

板上反复揉搓，用菜刀剁碎。将处理好的艾草揉进糯米粉，一个青色的面团，透着淡淡草叶香，好像揉进了溪水边的春色。

清明馃的馅可甜可咸。甜的是芝麻和豆沙，我更爱裹着雪菜肉末还有春笋的清明馃，有辣和不辣两种。甜的用模具压成扁圆形，咸的包成半月饺子状，外圈翻压出一道水波花边，也有裹成一个个馒头样子的。

一个个团子，放在粽叶上，一蒸，油绿光泽，春满大地。

清代美食家袁枚在《随园食单》中写道："捣青草为汁，和粉作团，色如碧玉。"色如碧玉的清明团子软糯不黏牙，春天染出的青团，和市场上买到的不一样。

市场上买的清明团子有蛋黄肉松白芝麻馅、鲜花牛奶馅、琥珀龙井馅、百香果乳酸菌馅、酱爆芒果馅，名目繁多，新奇百出，但都没有雪菜笋丁肉末来得经典有味。

做一次团子，要耗费一整天功夫，是时间充裕之人才能享用的美味。鲜嫩油润的笋丁肉末和草叶的纤维感，让人不由自主地感谢这样的春天。

四月十五日道室书事寄袭美 —— 唐·陆龟蒙

乌饭新炊芼臛香，道家斋日以为常。
月苗杯举存三洞，云蕊函开叩九章。
一搦阳泉堪作雨，数铢秋石欲成霜。
可中值著雷平信，为觅闲眠苦竹床。

陆龟蒙是唐代的农学家、文学家。

在唐朝，乌饭乃日常之食，陆龟蒙写"乌饭新炊芼臛香，道家斋日以为常"，杜甫说"岂无青精饭，使我颜色好"，说的都是乌饭。

立夏，吃一碗乌米饭吧！

乌米

立夏日，下雨，抱着头在雨中跑，路过报亭匆忙买了一把墨色雨伞。

2020年开篇，每个人都记忆犹新。室外活动的大量缺乏，无节制地发胖，视力亦迅猛下降。拉着女儿去医院检查视力，医院人山人海，都是差不多大的孩子，在闷热的窒息中排队等号，直到傍晚才离开医院，突然想起今日是立夏，乌米饭还未做。

做乌米饭需要南烛叶。

跑到菜场，摊主说，这么晚了南烛叶早已卖完，只剩最后一瓶南烛汁。他指了指摊子上一瓶青墨色南烛汁，装在矿泉水瓶子里。

最后一瓶，自己榨的，过了立夏就买不到了。他说。

　　不，我要的是南烛叶，我们想要体验动手做乌饭的全过程。我抱着最后一点倔强，遗憾离开。

　　线下买不到，还有线上。日常用过的生鲜平台一一试过去，都无货。

　　立夏这日太阳到达黄经45°，可是太阳从来不等你，时间从来不等你，错过就错过了，明日再来，太阳早已向着另一个节气奔去，菜场的南烛叶也不会再来。

　　但我依然没放弃，最后通过另一家线上平台在3.6公里外的菜场买到最后一份南烛叶。当快递小哥将蓬松松一袋子南烛叶递到我手中时，突然就有了"终于可以过立夏"的欣喜。

　　过去喜欢情人节、圣诞节，那样的节日总能收到礼物，可如今更爱立夏、端午、中秋等老祖先的节日，做乌米饭、裹粽子、桂花树下吃月饼，如此这般，才是最高级的过节礼仪。

　　小时候住奶奶家，每到立夏，叔叔便会煮一锅糯米豌豆饭，那时没有电饭煲，用的还是铝制的饭锅，盖子也是铝制的，很轻，水汽一热，就将锅盖突突突顶上来，米香早已随蒸汽四下里漫了一片。豌豆香、咸肉香融入糯米里，那油润润的咸香就是童年的饕餮大餐。

　　南烛，又叫"青精树"。关于青精饭的古诗文不少，最喜明朝李时行的《访山僧》。李时行是嘉靖年间进士，曾任嘉兴知县，也是一位好入名山游览之人，足迹遍及齐鲁吴越。

他在诗中写：

> 山僧爱留客，闲坐开竹扉。
>
> 为办青精饭，春盘笋蕨肥。

春日的笋和蕨配青精饭，虽素简，却精致。山中用餐，见山是山，见水是水，竹扉对开，余晖落松间。

妈妈也准备了春笋，切了丁，还备好了咸肉丁和新鲜豌豆。我们又买了些芒果和椰浆，延续千年的节气习俗，也得不断推陈出新，我们打算再做一份泰式风味的芒果椰汁乌米饭。

买来的南烛叶加水，用手直接搓揉，这是最古老的方式，现在大多用榨汁机，会快捷许多。

搓揉叶子，似乎是我长久以来的小癖好。小学时，校外有一排小叶黄杨，叶子揉碎后有青苹果的味道，我经常在放学路上偷偷摘一两片，一路搓一路闻着回家；如今家中种碰碰香、迷迭香、薄荷，都是香草，没事逗几下，空气中仿若塞满香气珠子；周末野外徒步，如见到艾草、枫香，更是一路搓揉一路嗅。

植物芬芳，怡心，怡人，闻之，如饮山风，如饮清泉，如饮明月。

不过，揉碎的南烛叶只有淡淡的树叶青气，没什么特别的。

用碧沉沉的南烛汁浸泡白糯米，浸泡一个晚上最佳。再将糯米与水一比一配好，放入锅中隔水蒸。

"这样能煮成乌米吗？"小云问。

明明是绿的叶子，明明是绿的汁水，明明是青白色的糯米，能煮成乌米吗？

植物界神奇的事多着呢，白糯米浸成青糯米，青糯米蒸成乌糯米，这番"化妆"，比生来就黑的黑米还要俊俏。

蒸好的乌米，用猪油与煮过的豌豆、笋丁、咸肉一道翻炒。猪油真是香啊，裹着乌黑的米粒，每一粒米都神采奕奕发着

光。入口又糯、又绵、又软、又咸，满口留香。

比童年记忆中的还要好吃。

除了豌豆乌米饭、芒果乌米饭，第二日又用乌米做了饭团子，裹入油条、榨菜、花生碎，还有一小勺白糖。高中读书时，每日早饭都是糯米饭团，只是那时是白饭团，此时是黑饭团。甜的咸的一起吃，一直是未曾改变的口味偏爱。

相比白米的温润清香，乌米有一种节日才有的隆重。

越是时光匆匆，忙忙又碌碌，越是怀念记忆中那些沿袭下来的风俗，变化的时光中，总有些不变的东西，代代传承下来，熨平岁月的褶皱。

一碗油汪汪的乌米饭，是象征生活安稳的定海神针。

据说有些地方有"立夏称重"的风俗，立夏当日称了体重，就不怕接下来的夏季因炎热而消瘦。这个习俗怕是很难延续吧，在这人人怕胖的时代，还是不上称了，消瘦一点才好呢。

在发胖的路上，一去不复返，这么好吃的乌米饭面前，我唯有卑躬屈膝，俯首称臣。

长干行二首·其一

唐·李白

妾发初覆额，折花门前剧。

郎骑竹马来，绕床弄青梅。

同居长干里，两小无嫌猜。

十四为君妇，羞颜未尝开。

低头向暗壁，千唤不一回。

十五始展眉，愿同尘与灰。

常存抱柱信，岂上望夫台。

十六君远行，瞿塘滟滪堆。

五月不可触，猿鸣天上哀。

门前迟行迹，一一生绿苔。

苔深不能扫，落叶秋风早。

八月胡蝶黄，双飞西园草。

感此伤妾心，坐愁红颜老。

早晚下三巴，预将书报家。

相迎不道远，直至长风沙。

"郎骑竹马来，绕床弄青梅"，两小无猜，青梅竹马的感情纯净而美好。

梅子青青时节，宜酿一罐青梅露，酿一壶青梅酒，待酿成之日，与相爱的人共饮。

青
梅

夏天的青梅

梅子青青，花开半夏，开始做青梅酒。

买了云南红河的黄冰糖，一块块如透亮的黄萤石，每一块都凝结着满满的甜。一斤黄冰糖的产出，需要十五斤新鲜甘蔗，甘蔗汁提纯、吊线、冷却、结晶、洗糖、除杂、干燥，最后敲成多晶小块冰糖。

用黄冰糖浸泡的梅子酒，如时光沉淀中的琥珀浆。

青梅用的是本地青梅，江南青梅五月成熟，小满时节去水果店买青梅，店主说，这已是最后一拨了。

青梅如豆柳如眉，"青"是青色的青，亦是青涩的青，无论是"郎骑竹马来，绕床弄青梅"，还是"见客入来，袜

划金钗溜。和羞走，倚门回首，却把青梅嗅"，五月青梅，
藏着少男少女的青葱气。

做青梅酒要比杨梅酒麻烦许多。买来的青梅置于流水下，
过水两小时，洗去梅子青涩之气。细细水柱，与阳光一起漾
在盛放青梅的盆里。此时的梅子是雨过天青的青，是水翠生
碧的绿，初夏模样，这般好看。

光洁圆润的梅子用来做梅子酒，表面疙瘩、品相略差的
可以做青梅露。

过好水的青梅去蒂，放小竹匾上自然阴干，然后一层青
梅一层黄冰糖，装进玻璃罐子里。我将一半的梅子用牙签扎
了小孔，这样浸泡过后的梅子，依然会圆鼓鼓，一如初始的

形状；一半的梅子不扎孔，不扎孔的梅子会逐渐收缩成一个个话梅样，收缩的梅子虽不好看，但味道尝起来酸酸甜甜，有蜜饯味。

接着倒酒。

用的是三年前"父亲水稻田"产的米烧。那一年稻田里种的是沈希宏博士首次培育的新稻种，一种长粒型粳稻。亩产量不高，全球首发，仅此一块地。

我们跟着"稻长"周华诚一起收割稻子，一行人中有个"稻友"叫包公子，包公子不是男子，是个飒爽英气的姑娘。包公子会舞剑，剑光中有稻花。

我们边品尝新米边看包公子舞剑。

我们问沈博士，这米叫什么？他说，就叫包公子吧。

沈博士说，包公子这款米，个子中等，金黄可观，米粒如杏眼。轻风一来，还会舞动叶剑。

喜欢在有温度的日子，不紧不慢生长的包公子，自带半个糯基因，因此软糯清香有韧性。

包公子，包公子，真是有味道，有了名字的稻米，就有了个性，柔中带刚，温柔有韵，回味无穷。

"砰"的一声拔去软木塞，打开封存三年的包公子酒，这酒香，浓郁清甜，有"银鞍照白马，飒沓如流星"的凛凛侠气，又有"日长蝴蝶飞……画堂双燕归"的绵绵余香。

好酒！

用全球限量的米烧，做我限量的青梅酒。透明的琼浆，汩汩漫过每一颗梅子、每一块黄冰糖。

盖好盖子，过三个月，约云爸生日那天对饮。

喝青梅酒，总会想起曹操刘备的煮酒论英雄，一盘青梅，一樽煮酒，青梅是盐水腌制的新鲜脆梅，酒是浮着绿色米渣的绿蚁酒。天有阴云，骤雨将至，龙能升能潜。

相比刘备曹操对酒的暗潮汹涌，我更爱苏东坡式的"清夜无尘，月色如银。酒斟时，须满十分"，"对一张琴，一壶酒，一溪云"，不做英雄，只做闲人。

我们无琴无溪，但有酒有云，我们不谈论谁有雄韬武略，谁有王者之风，我们喝酒话家常，聊聊孩子的学业，聊聊日常的晚餐，聊聊周日的徒步登山。

夏天酿的酒，等到秋天再去开启吧。

今日饮青梅露

等不及了，小满至今，已经二十一日。

今日，启梅子露。

最初的一罐白雪砂糖覆青梅，没加过一滴水，梅子在砂糖中发酵，竟将白花花的砂糖化为一罐糖水，糖水里浸着梅子心中沁出的青甜果浆。

为了这一日的梅子露，我还特意买了一盆薄荷栽种于阳台，天天为它浇水，等到开启梅子露的这天，摘下翠绿新叶，用薄荷之绿点亮梅露之青。

我也早早囤了整箱苏打水，放进冰箱上层冷藏，又在冰箱下层备好了冷冻冰块。

夏天的青梅露一定要配冰的苏打水和新鲜薄荷，方有夏日滋味。

打开梅子露前，我将罐子摇了摇，加速罐底砂糖融化。解开罐子搭扣，翻起盖子那一刻，浓郁的酒味爆裂般直抵上来，接着才是绵绵长长醇醇发酵的果香。

这是浓缩的露，浓缩的甜，浓缩的香，浓缩的时光。

准备好玻璃杯，倒三分之一梅子露。无须多。浓缩的琼浆，被沁凉的苏打冰水打开心扉。薄荷叶在冰水中舒展，冰块在冰水中翻浮，再夹一颗梅子入杯中。

这是我第一次品尝自己做的青梅露。

"什么味儿？你先来。"云爸说。

我小啜一口，真是小心翼翼、满怀期待地小饮，怀着些许害怕酿露失败的忐忑。

天呐——好喝！

味道不酸，不甜，不浓，天呐，怎可这般恰到好处，酸

味正好，甜味正好，
香味正好，还有清凉
的薄荷味以及淡得寻
不到出处的酒香味。

这是我喝过最好
喝的夏日冰饮。

很轻，很薄，很
透，很凉，清冽淡爽，
整个夏天因此变得无比美好。

我抿不住嘴地笑，太成功了。

我抱起青梅罐，无比满足地看着这些早已丑巴巴的粒粒
青梅，忍不住表扬起它们：嘿，小家伙们，表现很棒！

一杯一杯一杯，我可以喝好几杯。

只是酿的露太少了，我有些遗憾。

江南的青梅下市，还有云南的青梅呀，不过手指点点的
功夫，就能快速邮寄一箱过来。

可又想，顺应时令就应在当季吃当地的食物，做当季该
做的事。物以稀为贵，与其用云南的梅子补酿几罐，不如就
让这味道沉淀在心里，等明年这时，再做新一轮的青梅露。

一期一会更显珍贵。

这般想着，青梅露的滋味仿若更好了。

　　前几日看到一句"人生繁华如梦渺"，鲜衣怒马，盛世繁华，终究是缥缈一世，虚幻一场。不如坐在桌前，饮一杯夏日青梅露，就一盘香辣小龙虾，浅谈慢聊，窗外梅雨淅沥，"人生繁华如梦渺"又何妨，哪比得过相濡以沫闲日悠长。

　　青梅露，也是会醉人的。

叙旧赠江阳宰陆调（节选）

—— 唐·李白

江北荷花开，
江南杨梅熟。
正好饮酒时，
怀贤在心目。

　　李白说，现如今，江北荷花开了，江南的杨梅也熟了，正是饮酒的好时节，我无时无刻不把你挂念。
　　每到杨梅季，家中的杨梅吃不完，我们就用来浸一罐红色的杨梅酒。

杨梅

又到杨梅季。

一排排杨梅树，绿叶森森，果实累累，嫣红迭绯。

明代文震亨《长物志》中写杨梅："出光福山中者，最美。彼中人以漆盘盛之，色与漆等。"他说，产自苏州光福山的杨梅最好。

苏州毕竟是苏州，精致优雅，盛杨梅要用同等颜色的漆盘，方显果实色泽鲜亮。

只是，文震亨怕是没吃过浙江的杨梅吧。

要问哪里的杨梅最好，自然在浙江了！先不说仙居的杨梅，大如乒乓，色如夜明珠，就说宁波慈溪、余姚以及绍兴上虞的杨梅，也是酸甜可口，颇得名气。周作人写道："不佞去乡久，对于乡味无甚留恋，唯独杨梅觉得无可替代。"

　　六月的梅雨加杨梅，是众多浙江人心中无可替代的乡味。

　　此时，仙居杨梅还未熟，朋友送来一篮慈溪杨梅。

　　慈溪杨梅个儿小，果核儿也小，颗颗紫黑。捏一粒，手指沾满玫红汁水，味儿不酸，但甜得不够惊艳，好似一个温温吞吞没啥性格的人，说不上坏，也说不上好，是种"呆甜"。

　　正巧云爸摘来半篮海宁杨梅，个头略大于慈溪杨梅，鲜红的多，紫红的少，还未入嘴，口水便泛了上来。

　　或许是做足了心理准备，一口咬下去，小小果核插满无数根丰盈果柱——竟没有预料中的那般酸，反倒汁水饱满，劲头十足，酸里带甜，甜中有酸。

　　不同于慈溪杨梅，现摘的海宁杨梅，汁水并不沾手，只有当牙齿切割断果柱后，汁液才恣意横流。

　　虽然各种先天条件不如慈溪杨梅，可这半篮杨梅就是让人喜欢上了，一颗一颗，停歇不下来，酿酒也舍不得。

　　大约还是胜在新鲜吧。

　　除了鲜吃杨梅，杨梅浸酒也是每年例行的仪式。

　　浸过杨梅的酒，酒味都跑到杨梅心里，酒味淡了，杨梅味浓了，一颗杨梅下肚，不得了，吃时不觉，后劲却是绵绵递进。

　　后劲有多足，看看郁达夫与其友人的那场夜饮，足叫人哭笑不得。

　　郁达夫和这位多年不见的老朋友，行至西湖湖滨，步入一家小饭馆，点了应时的杨梅烧，又加了几盘价廉可口的小菜。

两杯新的杨梅烧酒上来后，郁达夫的朋友"紧闭着眼，背靠着后面的板壁，一只手拿着手帕，一次一次地揩拭面部的汗珠，一只手尽是一个一个地拿着杨梅在往嘴里送。嚼着靠着，眼睛闭着，一面还尽在哼哼地说"。

边聊边饮，杨梅烧酒似甘非甘，两人皆有点支持不住。餐后买单，郁达夫抢先一步付款，朋友"脸上一青，红肿的眼睛一吊"，为了谁先付钱的事，竟"满面青青，涨溢着一层杀气，眉毛一竖，牙齿咬得紧紧，捏起两个拳头，狠命地就扑上了"。两人不管三七二十一扭打在一起，杯盘翻地，滚跌门头，最后醉到不省人事，车夫巡警赶来都不知。

一觉睡醒，已是天将放亮的午夜三四点，郁达夫发现自己遍体鳞伤地睡在警察局里。

可笑可笑。

杨梅烧酒，酒味淡了，酒力尚在，千万不能小看了它。

年年做杨梅白酒，今年想要试试杨梅红酒。红酒度数低，喝酒，独爱那份微醉。

我用剩余的慈溪杨梅浸红酒，一层杨梅一层白冰糖垒起来，冰糖多少，全看个人喜好。

杨梅本是紫红，红酒也是紫红，紫红配紫红，红得迷醉，红得人脸红心跳。

过华清宫绝句三首·其一

—— 唐·杜牧

长安回望绣成堆，
山顶千门次第开。
一骑红尘妃子笑，
无人知是荔枝来。

夏日夜晚，坐在阳台，一口一口吃着鲜荔枝，想起唐朝的那骑烟尘。

荔枝

荔枝是中国土生土长的元老级水果，早在一千五百多年前，岭南农民就开始种植荔枝。这种甜美多汁的水果，绯红的果壳包裹着洁白诱人的肉体，浓甜似蜜，有唐人风韵。

一直以来，荔枝的保鲜是个大难题，白居易在四川任太守时，大啖当地荔枝，关于荔枝的保存期限，他在《荔枝图序》中记述道："若离本枝，一日而色变，二日而香变，三日而味变，四日五日外，色香味尽去矣。"

唐朝为了给杨贵妃运送荔枝，发明了竹筒保鲜法，将新摘的荔枝连枝带叶放入新砍下的竹筒里，并用泥或者蜡密封住。新鲜竹子含有水分，竹筒有抑菌之效，可起到一定的防腐作用。

即便如此，十里一走马，五里一扬鞭，不知得累垮多少匹驿马，才换来"妃子笑"。

　　如今，用泡沫箱和冰块冷藏荔枝，延迟了色香味的改变，但二十世纪九十年代末的运输水平，与今日仍不可同日而语。六月底荔枝上市时，学校开始放暑假，我乘中巴车从市区回到父母谋生的小县城，一到家，妈妈便会买上几斤荔枝。

　　二十多年前的荔枝，售价亦要十多元一斤。摊主将一小挂一小挂荔枝拎出来，湿漉漉地放进塑料袋子里。妹妹也爱吃荔枝，平日里都没得吃，只有等我放假回家才能吃上。她说，妈妈偏袒姐姐，只有姐姐在时才会买。

　　或许这样贵重的水果，只有全家团聚之时，才舍得吃吧。

　　我始终记得，那些绵绵无尽的夏日傍晚，大家坐在门口剥荔枝的情景。妈妈说，像这样，用指甲在荔枝尾部的凹线处一摁，荔枝壳就分成了两半。清白饱满的荔枝肉，软滑多汁，圆鼓鼓的，一下子赤裸裸地蹦出来。大约在冰水里溺久了，荔枝的甜味被冲淡了些，尝起来有微醺的酒味，但仍是整个夏季的极品美味。

　　如今，无论江南还是北地，荔枝都不是什么稀罕物了。前几日，广东的同事寄来一箱荔枝，壳薄而柔软，好似被磨平了棱角，果肉丰腴，核极小一粒。同事说，这种荔枝叫糯米糍，甜味如糯米般，很温和，酸味极少。还有一种荔枝叫桂味，外壳坚硬，身着红色铠甲，甜中带有桂花香气；妃子笑呢，青绿色外壳，晕着桃花腮，吃起来甜腻甘洌，美人嘛，总能令人百般回味。

得益于城市间的物流发展，这些深居遥远之地的"佳人"才能快速到达天下食客口中。

不过，无论是桂味、糯米糍还是妃子笑，都比不过年少时家门口那一小袋荔枝以及童年夏日坐在家门口纳凉的缓慢时光，让人回味无穷。

孟浩然写《夏日南亭怀辛大》：

山光忽西落，池月渐东上。

散发乘夕凉，开轩卧闲敞。

荷风送香气，竹露滴清响。

欲取鸣琴弹，恨无知音赏。

感此怀故人，中宵劳梦想。

山光西落，池月东上，散发乘凉，开窗闲卧，荷风徐来，竹滴露珠。要说夏日纳凉闲逸之趣，还是古人拿捏得最到位。

好几次走到阳台，我都想，什么时候买个水缸，缸里养几枝荷花，夏日夜晚，坐阳台上，看星光，闻荷香，听蝉鸣，然后一口一口剥食鲜荔枝，日啖它三百颗！

这才是夏天嘛。

马诗二十三首·其五

—— 唐·李贺

大漠沙如雪，
燕山月似钩。
何当金络脑，
快走踏清秋。

我在甘肃民勤县的沙漠里走，脑中总是反复回想起李贺的这首诗。

沙漠留给我印象最深的，除了如雪的沙子，似钩的弯月，还有沙漠里的银蒂瓜、西瓜泡馍和酸胖。

酸
胖

银蒂瓜

马骏河先生端出一盘银蒂瓜。

我们像一群小鸡，不，是一群猪，哼哼哼围了上去。就差他用西北嗓门"呜噜噜噜噜……"吆喝一阵了。

都是来自江南的人，鱼米之乡，瓜果之都，没尝过瓜？吃是吃过，就是从没尝过这么甜的瓜。

沙漠银蒂瓜，在最成熟的一刻摘下，水分之多，肉质之绵，口感之甜，让人想起乌镇的六月樱李，极品李要用吸管吸着吃，极品瓜可以吃到只剩一张纸。

虽是沙砾碎石，干旱缺水，银蒂瓜却在大漠风沙中，将日复一日、月复一月的日光，化成了柔情蜜意。

能不水灵，能不甜蜜？

"这样的瓜，给我来一箱，顺丰到杭州！"

"就在这儿吃个饱。"马骏河先生带也不让我们带走。

他就想要我们念着，天天念着，过一年也念着，馋得受不了了，又飞来见他。

西瓜泡馍

夜晚住帐篷。我以为住的是民勤国际沙雕艺术公园山谷里的帐篷式酒店，一朵一朵，如白色蒙古包，洁白地开在沙漠里。房间里一定有独立洗手间，还有铺着白床单的双人床，干净得不落一粒沙。

事实上，我天真了。

我们住的就是帐篷。帐篷就是帐篷，两个睡袋，一顶篷，支哪就睡哪的帐篷。

沙漠摩托轰隆一响，生怕我们听不见似的载着眼巴巴的我们翻越沙丘，扬起沙尘，塞给我们一口沙。

露营活动倒也丰富。篝火晚会、烤全羊，烤串吃起来，啤酒喝起来，舞蹈跳起来，西北姑娘抚琴一首《笑傲江湖》，突然亮在天空的礼花炸得黑夜一阵噼里啪啦。

整个夜晚，我的脑子里反反复复重复着一句诗："大漠沙如雪，燕山月似钩。"

解手是个麻烦事，得翻越一个山丘。沙漠那么大，其实在哪都可以。我还是找了棵梭梭树，在梭梭树后蹲下。说它是梭梭草还差不多，没有任何遮挡效果，万籁俱静，风刮得全身凉飕飕。解手完毕，我不忘像只猫，伸出后腿，不，是右脚，抒了抒一旁的沙，妥妥盖好。

在这山谷深处，只有月光，明晃晃的月光，照出我的影子在沙地里走。这个山谷只有我，还有梭梭树，在风中喽喽喽地低声唱歌。沙漠的寂寞是这样啊，你脱光了衣服也没人看你，连月亮也不屑看你。我是走了多远，来到这片深深的谷里。月亮比任何地方都要来得明亮，照着我的一串脚印，倒着从谷底一直爬到山顶。我掏出手机，想要拍下这里苍凉的景色，可是手机屏幕里一片漆黑，月光明明这么亮啊，亮得我能看到梭梭树的每一根枝条，可手机屏却黑得容不下任何一片叶子。

这个夜晚我好似睡着了，又好似没睡着。只知道第二天浑身像沙子般软绵绵，怎么也起不来，也因此，没有领到我的早餐——西瓜泡馍。

西瓜泡馍是民勤人发明的独特早餐。

西北的瓜不大，不用刀切，用指甲掐一圈印子，拳头一挥，砰砰咔，瓜裂两半，一人一半，再拿一块晒过太阳的泡馍浸着洗过月光的西瓜瓤，天空一片晴朗，芦苇一片轻扬。

泡馍酥脆绵软，瓜水清甜凉爽，我捧着女儿吃剩的最后一点西瓜泡馍，尝出了这个只在民勤只在沙漠才有的味道。

吃完早餐，收拾行囊，我们要开始徒步沙丘了。

酸胖

在腾格里沙漠最西端的沙漠深处，随处可见酸胖，如南国红豆，如红珍珠，如红宝石，如红珊瑚，如红玛瑙，鲜红剔透，圆满红润。总之，一切如珠玉般美好的词语，都值得用来称赞它。

它们在人迹罕至的沙丘上，一蓬蓬生长着，丰盈饱满，酸甜可口，多得摘也摘不完，吃也吃不完。

大漠没有水，吃果子也不讲究了，用手指简单搓一搓，直接投入口中。

有的酸，有的甜，有的还沾着沙尘，长在盐碱地的酸胖，甘甜中带着丝丝的咸，那是沙漠植物生命力旺盛的味道。

酸胖原名白刺果。甘肃民勤地区称其酸胖，水灵灵，胖嘟嘟，甘甜多汁，当地人说："二十世纪八十年代前，谁家的后院里没有几泡酸胖屎，那他就不是我们民勤人。"

若是把梭梭树称为沙漠王子，白刺就是沙漠公主。它们和梭梭树一起，守护着这片一年都没什么降水的荒漠，沙子埋在哪里，它们就在哪里生根，用茎条紧紧捆住在风中移动的流沙，固守领地，直至荒漠成为绿洲。

咏蟹 — 唐·皮日休

未游沧海早知名，
有骨还从肉上生。
莫道无心畏雷电，
海龙王处也横行。

皮日休说他还没游历过沧海，但对蟹的名声早有耳闻。
中秋，我们乘船去沧海，吃蟹！

螃蟹

2021年8月1日舟山开渔节开幕，几百公里以外的东海，轮船的汽笛声一响，在杭州的我们肚子也跟着咕噜一响：马上可以吃到新鲜的梭子蟹了！

最好吃的梭子蟹一定得是白水清蒸，正如美食家沈宏非说的："清蒸是对海鲜的最高礼遇。"

吃蟹是不能怕麻烦的，先翻开蟹肚子底下扇形的小壳（带尖脐的为公蟹，带圆脐的为母蟹），再掀去整个背壳，整块整块的蟹肉，洁白饱满，丝丝滑滑，细细腻腻。有些人喜欢先吃蟹脚，再吃蟹身里的肉；也有人先吃蟹身，再吃蟹脚。不管哪个先哪个后，慢慢下手，慢慢啃咬，才是吃蟹的乐趣，用周作人的话叫作"不用自己剥的蟹羹便有点没甚意思"。

我妈做的梭子蟹年糕汤，大概可以用"鲜掉眉毛"一类的词来大夸特夸。梭子蟹的鲜融进汤里，年糕又软又滑，蟹肉又多又嫩。一大碗的梭子蟹年糕汤，吃了个底朝天。

汤汁中那些鲜美的滋味是来自蟹的哪个部位？这些横行霸道，举着两只大鳌的甲壳类动物，为何往热水里一过，加少许盐，便能激发出如此鲜美的味道？

大海的馈赠，何止是鲜掉了眉毛，还掀掉了锅盖，掀起了整个属于梭子蟹的夏天和秋天。

但真正新鲜且个头大的梭子蟹我是舍不得炒年糕的。鱼摊上的老板也说，鲜活的梭子蟹一定是白煮好吃，那些刚刚死去的蟹更适宜用来炒年糕。有一次在一档美食节目上看到烟台沿海的居民用白酒做生腌梭子蟹，我没尝试过，在我心中，白水清蒸的梭子蟹，始终是梭子蟹的天花板。

新鲜的渔获，清水一蒸，一碟玫瑰米醋，再加几粒小红椒，便能大快朵颐，指尖留香。相比大闸蟹，梭子蟹更能让人满足，我最爱吃蟹螯里的肉，肉丝短而丝丝分明，回味无穷。

吃着梭子蟹，便想着去海边。终于在今年的中秋节去了向往已久的枸杞岛。枸杞岛是典型的渔村，到处是挥不去的海腥味，渔民家门口晾晒着鱼干、虾米，夜晚路过嵊山岛码头，一辆渔船靠岸，从船上搬下一整筐一整筐的梭子蟹。舟山是三疣梭子蟹最大的养殖渔场。梭子蟹形如织布的梭子，因为背面有 3 个明显的疣状凸起，所以叫三疣梭子蟹。

中秋假期最后一日，我们去农贸市场买海鲜，沿着海边漫步，日光撒在深蓝的海面上，真如碎银子一般，闪得人眼睛都疼。枸杞岛的农贸市场，可以窥见半个东海。鲳鱼 10 元／斤，海鳗鱼 15 元／斤，大梭子蟹 25 元／斤，小一些的梭子蟹 15 元／斤，贻贝 4 元／斤，还有生蚝、花蛤、海瓜子、小黄鱼、鱿鱼、舌鳎鱼，等等，价钱真是令人心动！

摊主一边麻利地给我们剖海鳗和鲳鱼，一边不断怂恿我们买下他剩余的所有梭子蟹。蟹有大有小，但和杭州菜场比起来，个头仍是大许多，也更生猛。他从 15 元／斤一直降价到 13 元／斤，还取出了泡沫箱子，说打包带回去很方便呢。摊主的妻子说，就当做好事，买回去，又不贵。我们难以推却，买下一大泡沫箱子梭子蟹。摊主铺上碎冰，封好箱子，说，

昨日来买，梭子蟹还得要45元一斤呢，今日游客陆续离去，价格才回落下来。他又补充道，小岛上也没别的什么，除了空气好，也就是海鲜新鲜了。

提了大袋小袋的食材回到民宿，阿姨帮忙烧了一顿大餐。这个夏天和秋天都是属于梭子蟹的，单纯吃蟹，就能有吃肉吃到撑的饱腹之感。

据闻，最美味的梭子蟹并非在开渔节之后的夏秋之季。农历九月以后，梭子蟹开始生膏，准备过冬，到了冬至前后，梭子蟹膏丰肉腴，才是最佳捕获季。

咏红柿子

—— 唐·刘禹锡

晓连星影出，
晚带日光悬。
本因遗采掇，
翻自保天年。

柿子红了，才是秋。

柿子

寒露过去，村庄的色彩逐步转变。柿子树果实累累，橙黄鲜亮，矮处的柿果已被摘去大半，树叶半老半黄，稀稀拉拉往下掉，一副萎靡衰败之相；枫树叶子泛出一些暗红；芦苇依然是青的，抽出紫红与绿色的穗；一大片紫色蓼花开在水边池杉的林地中，唯有鸡冠花、凤尾鸡冠和青葙燃烧着秋日最后一把玫红。

秋日的雨是一阵比一阵凉，池水愈发油绿，从池杉叶尖滚落的雨珠，一会儿坠在东边，一会儿坠在西边。

黑脸噪鹛站在柿子树上，稍一侧脸，一伸喙，柿肉便入肚中。

　　高挂枝头的柿子，如燃烧的火团，身手矫健的同行姑娘，三下五除二，已爬上河岸边的野柿树，拿起一根树枝"啪嗒、啪嗒"一下下打起柿子来。

　　啪——硬柿子像石头般砸到地上；噗——软柿子掉进草丛，碎成一摊糊。裂开的柿子也不能浪费啊，我们从草丛中将打烂的柿子拾起，掰开柿果，放进嘴里——涩！涩口的柿皮，让眉毛都皱起来。

　　还是羡慕树上的鸟儿，满树柿子随便吃，吃到的都是最甜的。

2

　　在西安临潼，高速路边的行道树也有柿子树，柿子结了果，个儿都很小，最大也就乒乓球大。

　　柿子树嫁接于黑枣树上，明显可见树干分成两节，下部粗糙的为黑枣树，上部光洁的则为柿子树。柿子嫁接已有上千年历史，《齐民要术》中记载："柿，有小者，栽之；无者，取枝于软枣根上插之，如插梨法。"通过嫁接的无性繁殖方式，可以保留柿子的优良品种。

　　离开临潼，买了一箱本地水晶柿子，好便宜，一箱24个，才13元——这也许还是买贵了。

　　到了咸阳后，朋友端来一盘富平的柿子，个头大，各个倒扣在盘子上。富平柿子柿尾尖尖，圆锥形，像是仙桃。我揭去柿盖，掰开柿子，无核，吸一口，甜是甜，但水囊囊的，总感觉缺了点什么。

　　贾平凹在《商州又录》一文中写秋天里的四个女人在一棵柿树上吃蛋柿，"果实很繁，将枝股都弯弯地坠下来，用不着上树，寻着一个目标，那嘴轻轻咬开那红软了的尖儿，一吸，甜的香的软的光的就全到了肚子里。只需再送一口气去，那蛋柿壳儿就又复圆了"。原来还有这番吃法，从柿尖儿处下口，四个女人伸长了脖子去咬挂在树上的柿子，这画面，风情万种。

3

　　我还是喜欢临潼的小柿子，一口一个吃得爽哉，清甜黏口。临潼的水晶柿，皮薄，轻轻一撕便揭下，一瓣瓣细软的"小舌头"，肉感丰厚，汁液流淌，如一个半生半熟的温泉蛋。

　　富平柿子做成柿饼最佳，齁甜齁甜，甜得牙疼。我最爱柿饼上的那层白霜。读过一本专门书写柿子的书——《柿曲》，里面介绍过白霜的形成："柿饼表面有一层白色粉末，叫作柿霜。柿霜不是淀粉，而是由内部渗出的葡萄糖凝结而成的

晶体。这些晶体不易与空气中的水分相结合，因此柿饼表面通常会保持干燥。将晒干的柿饼放置缸中，一层干柿皮一层柿饼地叠放，然后封缸，放在阴凉处生霜。柿饼上的霜与环境温度有关，温度越低，上霜越好。"

怪不得白霜甜呢，原来是天然的葡萄糖。

柿子红了，才是秋。

山禽 —— 唐·张籍

山禽毛如白练带，
栖我庭前栗树枝。
猕猴半夜来取栗，
一双中林向月飞。

　　张籍说，山中两只白色禽鸟，羽毛洁白得如同丝织的长带，栖息在我家庭院前的栗子树上。半夜，有只猕猴跑到树上偷板栗，惊动了这两只白色禽鸟，它们振翅向那月亮的方向飞去。

　　诗中的栗子树、白羽毛的禽鸟、偷栗子的猕猴，真实生动，充满意境之美。

　　不说了，我要到山中去捡板栗了。

板
栗

十月，去龙游县岭脚村打板栗。

高大的板栗树生长在山间，好似从古老的《诗经》里长出来，"树之榛栗，椅桐梓漆"，那么久远，以至于长啊长，长成了一棵参天大树。因为太过古老，它们不属于任何人，没有一架梯子可以攀上它们的枝头，没有一根竹竿可以打下它们的果实。它们属于秋天的风。

秋风乍起，板栗一惊。

山林中嗦嗦一阵响动，板栗啪啪啪砸落下来。

是风打板栗。

落到地面时，它们刺猬般坚硬的外壳已经裂开，棕红色的板栗子蹦得到处都是。我们在山间寻找，不一会儿就兜了一小篮。

　　那么多板栗，妈妈轮番变着花样做给我们吃：板栗烧鸡、板栗红烧肉、糖炒栗子。一般情况下，甜与咸很难搭配妥当，但板栗与鸡与红烧肉，竟是一点不违和。板栗煮糯，入咸汤，淡淡的咸，微微的甜，粉粉的沙，好吃到不行。

　　此前去塘栖古镇，塘栖产枇杷，古镇饭店创新，出了道枇杷红烧肉。枇杷多汁，肉绵厚，水果的香甜渗进红烧肉的酱汁，咸咸甜甜，好似强扭的瓜，是一种牵强。许久之后，仍觉得是一种古怪的搭配。

　　板栗就不同了，淀粉质地，就着鲜咸汤肉，滋味卓绝。

　　暖暖的糖炒栗子，总和街头渐冷的秋风联系在一起。想起曾经对门宿舍的一个女孩，旅行途中认识一个北京男孩，男孩子捧着一袋糖炒栗子站在风中等她，恋爱中的女孩，好似得了万分宠溺的孩子，分外地甜着，分外地欢喜着，飞也似的奔向他。

我们笑她，一袋糖炒栗子就被收买了。她得意地说，自己喜欢的人，送一颗栗子都能幸福半天，不喜欢的，送你一辆车都可以无动于衷。

但终究，她没有嫁给那个送她栗子的男人。

说什么地久天长，这世间，唯有母亲的板栗烧鸡，才最长久。

渔父·松江蟹舍主人欢

唐·张志和

松江蟹舍主人欢,

菰饭莼羹亦共餐。

枫叶落,荻花干,

醉宿渔舟不觉寒。

菰米饭,莼菜羹,还有酒。

一顿渔舟上的寻常晚餐,两个人吃得尽兴、尽欢。

莼菜

《诗经·鲁颂·泮水》中"思乐泮水，薄采其茆"的"茆"指的是莼菜。

莼菜如此古老了。

即便如此古老，莼菜依然只是偏居一隅的地方菜，那么多年，人口迁徙，物种移栽，都没有带上莼菜走向远方。

莼菜喜池塘湖沼，像个没什么雄心壮志的小姑娘，宅在水中，享受着故乡的微风怡荡。因为离不开水，因为全身上下软绵绵，因为像新生婴儿般娇嫩，从采摘到运上餐桌，莼菜都浸在水里。

正因如此，世界再大，它依然只是一方小众菜。

《红楼梦》第七十五回中王夫人笑道："不过都是家常东西，今日我吃斋，没有别的。那些面筋豆腐老太太又不大甚爱吃，只拣了一样椒油莼虀酱来。"贾母说："这样正好，正想吃这个。"

椒油莼虀酱是什么？是莼菜剁碎后拌姜蒜椒油腌制而成的小菜。

在贾府，这是一道家常菜，想来味道应不错，只是不知为何如今市面上却不常见椒油莼虀酱，如今广为流传的是西湖莼菜羹的做法。

金庸《书剑恩仇录》第十一回，乾隆在六和塔顶饿了两日两夜，陈家洛命书童心砚请来乾隆，以茶食点心招待：一碟汤包、一碟蟹粉烧卖、一碟炸春卷、一碟虾仁芝麻卷、一碗火腿鸡丝莼菜荷叶汤。盘未端到，已经清香扑鼻。

金庸真是美食大家啊，各色美食名称一报，就已让人垂涎三尺。

这里的火腿鸡丝莼菜荷叶汤就是我们如今的西湖莼菜羹。《西湖游览志》载，清乾隆皇帝巡视江南，每到杭州都必点莼菜调羹。

火腿、鸡丝本是极鲜之物，莼菜清淡爽滑，三者相遇，不用闻，不用见，不用尝，就是拍案叫绝的佳配。遗憾的是，我在杭州待了十余年，也没有正经吃过一次正宗的"火腿鸡丝莼菜荷叶汤"，普通餐馆里做得比较清淡，没有这么多提鲜之物。

关于莼菜，有一个"莼鲈之思"的故事，最初源自《世说新语》：

张季鹰辟齐王东曹掾，在洛见秋风起，因思吴中菰菜羹、鲈鱼脍，曰："人生贵得适意尔，何能羁宦数千里以要名爵？"遂命驾便归。俄而齐王败，时人皆谓为见机。

张季鹰，即张翰，西晋文学家，江苏人，在洛阳做官，一日与朋友在家中小聚，忽而秋风起，想起家乡的菰菜和鲈鱼之美，便和朋友说："人生在世，最重要的是做自己喜欢的事，怎能为官名、声名离家千万里去做官呢？"第二日，便任性辞官，回家乡去享受菰菜羹、鲈鱼脍之美。

其实《世说新语》中记载的是"菰菜羹"，并未提到莼菜，"菰"在现代指的是茭白，但在古时候，"菰"指地皮菜，即地衣。

那为何会有"莼鲈之思"这么一说呢？故事引自《晋书·张翰传》：

齐王同辟为大司马东曹掾……翰因见秋风起，乃思吴中菰菜、莼羹、鲈鱼脍，曰："人生贵得适志，何能羁宦数千里以要名爵乎？"遂命驾而归。

《晋书·张翰传》在《世说新语》的基础上，加入了一道"莼羹"，此后莼羹一路流传，与鲈鱼组成搭档，成了令人怀想的"莼鲈之味"。

秋风起，我也想尝一尝让张翰思之深的莼鲈之味，晚上打算做一道鱼丸莼菜汤，再来一道清蒸鲈鱼。

莼菜家里已有。莼菜浸水装在瓶子里，一朵朵微卷如小荷叶，瓶子上写"西湖莼菜"四字。我不曾见过有人在西湖里打捞莼菜，但听闻西湖区双浦镇种植莼菜历史悠久，因其田中的水取自清冽山泉，所以莼菜芽特别肥厚。

嘱咐云爸去菜场买鲈鱼和鱼丸，回来却只提了一袋鱼丸。问，鱼呢？答，太贵，一条鱼七八十元，没舍得买。再细问，原来他将鲈鱼记成了鳜鱼。我大笑，鳜鱼当然贵，我们要的是莼鲈之思的鲈鱼啊。于是复去菜场，顺利带回一条鲈鱼，只花 25 元钱。

菜场卖鱼丸的阿姨从我们搬来这个小区起 6 年里每天都在，每天的鱼丸现做现卖，鱼丸去骨剁泥，加盐，加水，用勺子和手挤出圆球状，往水里一送，便固定成丸子状。1.5元一个大丸子，煮得白白的，浸在盛清水的大铝盆子里。

莼菜鱼丸汤做法很简单。先将鱼丸投入水中煮，莼菜清水过一遍，保留其外面的果胶。小云站在一边问："为什么叶子滑溜溜的，还裹着晶莹剔透的一层果冻？"真是神奇。

鱼丸煮沸后，倒入莼菜，撒上一些葱花，盛出。若加些鲜红枸杞点缀，更有荷塘青青、菡萏红红的画面感了。

鱼丸自带咸味，嫩如豆腐，莼菜是打着卷的小荷叶，嫩茎和叶片背面自带透明胶体，入口滑溜溜。一白一碧，汤色青青，鱼丸、莼菜，两者都如水做的，让人怜爱。

鲈鱼做了清蒸，铺了葱姜蒜和辣椒段，用热油浇之。鲈鱼肉多刺少，一块块摛下，往汤汁里蘸蘸，味美价廉。果然是让张翰拂袖而归的莼鲈之美啊！

鱼丸莼菜羹、清蒸鲈鱼，再加一碟花生米，三口之家，围桌用餐，同时讲讲莼鲈之思的故事，便宜美味的家常菜，方显平凡生活的不凡滋味！

牧童

—— 唐·吕岩

草铺横野六七里，
笛弄晚风三四声。
归来饱饭黄昏后，
不脱蓑衣卧月明。

吕岩，即吕洞宾，传说中的八仙之一，是唐末的道士。

诗里的牧童归来，吃饱了饭，不脱蓑衣，直接卧在了明月里，一幅恬然自得的闲适画面。

想起了在"父亲的水稻田"收获新米，一群朋友在月光下食新米，闻桂香，然后早早地回房睡去。

那一刻，也有恬然自得的闲适之趣。

新米

黑龙江的五常大米我吃过，泰国的香米我也吃过，为何都没这片水稻田的粳米好吃呢？

因为新。

正如水果，一定是成熟时摘下枝头的那一刻最好吃。

新，就是得天独厚的好。

食新米那日，我们在月光下摆起长条桌，孩子们站成一排在唱歌，口琴声响起，桂花香了，每个人用手抓一把刚出锅的新鲜白米饭。是的，一团喷香的米饭，滚烫的，糯、甜、热、香。

那种滋味，那种氛围，可真难忘。

大米有智慧，懂得返璞归真。大道至简，素白简约，米饭就是米饭，好的米饭，满口留香，不用菜色配，也能吃下一碗。"父亲的水稻田"产的大米，用布袋子装着，带回家，煮粥，稠厚香糯；煮饭，饱满有韧性，连颜色也更晶莹洁白些。

这样的米和超市的米是不一样的，"稻长"做过比较：超市里的米一粒粒油光发亮，自己田里种的米经碾米机碾过，并不油亮，有些还碎了；超市里的米放上半年都不生虫，自家的米放在仓库一年保证有虫，因为虫子知道什么米好；超市里的米，淘洗时，淘米水是清的，自家的米就像小时候吃的米那样会滤出奶白色的米汤。

小时候，一碗米，猪油、盐、酱油拌之，香味扑鼻，米饭吃了一碗，还要再加一碗。如今碗越来越小，饭越盛越少，甚至会在晚餐这一顿刻意戒米——怕胖。

生活条件好了，可食物的味道却越来越不如过往。

吃新米，也成了城里人的奢侈。

辑四

风雅事

白鹿洞二首·其一

唐·王贞白

读书不觉已春深，
一寸光阴一寸金。
不是道人来引笑，
周情孔思正追寻。

一寸光阴一寸金，四季皆是读书时。多读书，读好书，做个快乐的读书人。

读
书

1

马一浮是个不可一日无书之人。李叔同曾说过："假定有一个人，生出来就读书，而且每天读两本（他用食指和拇指略示书之厚薄），而且读了就会背，读到马先生的年纪，所读的还不及马先生多。"

曾立志要像马一浮一样读书，虽然一生只能望其项背。阅读是现今最便宜的投资，一日一杯咖啡，何妨换成一日一本书。书是好东西，无论是鸿篇巨制，还是精致短文，无论是散文杂谈，还是小说词话，一景一物，一颦一笑，一人一事，读之，比真实世界还真实。文字就是来映照你的心绪的。迷恋文字，就如迷恋一个人，内心那么丰厚的一个人，不动声色就把你掳了去。

2

《纸房子》里的布劳尔是个书痴。他用书在海边筑起一间纸房子，在工人手中，博尔赫斯的书充当窗子，一本巴列霍的诗集上头放一本卡夫卡的书，旁边填上康德的著作，再铺上一册海明威的《永别了，武器》当门槛，莎士比亚和马洛的代表作在砂浆的簇拥下终于难舍难分；甚至有天晚上，"某位朋友发现他对着一本搁在阅读架上的《堂·吉诃德》善本用餐，书前还摆着一杯酒，怪就怪在他为那本书也斟了一杯"。

也许有一天，我也会将书本堆上高台，供一香炉，燃三支香，虔诚庄重地叩拜，感谢它们日夜相随。我要为林语堂的《苏东坡传》温一壶老酒，为曹雪芹的《红楼梦》泡一盏香茗，为毛姆的《月亮和六便士》煮一杯咖啡。看着一册册书端正立于书架，光是浏览书名，也能满心喜悦。

3

有了一些写作的朋友，读一读朋友的性情之作，好似尝一份雨露佳酿，甚为珍爱。写花写草写美食，写山写水写田野，皆被我奉为经典。

听闻喜欢的作家出了新书，高兴到雀跃，好似过新年，亦如久旱逢甘霖，迫不及待想要欢畅淋漓一番。新书上市前，会有少量毛边书。所谓毛边书，就是纸张尚未切割完成的书籍，量不多。求得一本周华诚的《一日不作，一日不食》，看得入迷，耳边风吹鸟鸣，眼见稻田禾青，读得停不下来，连日日在追的电视剧也弃之一旁。用书中的纸书签裁书。薄薄书签竟如小刀，锋利异常，嚓嚓嚓沿着两页纸张的连接处，缓缓裁开，滚出毛糙飞边。读毛边书的趣味在于，读一页，裁一页，阅读速度减慢，读书仿若品茶。这时读散文是极好的，若是读小说，精彩处一卡顿，手忙脚乱，书裁歪了，难看。散文图慢不图快，散文的每一词、每一句皆可慢品，遇到好的句子，值得反复品。

古人有"九雅"：曰焚香，曰品茗，曰听雨，曰赏雪，曰候月，曰酌酒，曰莳花，曰寻幽，曰抚琴。我觉得还可以再加一雅，曰裁书。

晚上边泡脚边读书。读书需环境，有月影摇动的阳台总比狭小闭塞的洗手间来得好。我把泡脚桶搬到阳台，双脚伸进热乎乎的桶里，桶中浸着艾草，手边桌上泡一壶生普洱，普洱是大理民宿老板送的，茶水滚烫，捧一本毛姆的《作家笔记》慢慢读。泡脚三十分钟，读书三十分钟，脚在发烫，读书亦是享受。提脚一看，双脚烫成了火锅里的涮羊肉——成猪肝红了。口中茶水也烫，几杯下肚，额头沁出豆大汗点。书越读越快，汗水愈来愈多，不一会儿就汗如雨下。读书读到大汗淋漓，也是有趣得紧。作家的工作就是不停地写，毛姆说："记下那打动你的东西，我们都有过不错的构思、生动的直觉，本以为有一天会有用，但由于太过疏懒而没写下来，它们竟消失得无影无踪。"毛姆第一本笔记写于十八岁，此后共写了厚厚十五册。相较之下，我的那点写作量，简直不值一提，行动力不足，心气儿还高，徒将时间浪费在一些空中楼阁的构想上。想到这些日子又是好多天没记下点什么，心中一阵紧张，汗水更如瀑布了。

5

得朋友赠十年普洱一饼，夜夜泡之。明知夜间不宜多饮浓茶，无奈，白日工作以糊口，饭后陪娃写作业，唯夜深人静，方回归自己。不舍睡去，泡茶提神，茶汤浓厚，口感却清，清清朗朗之味，如明月在稀。

夜间不再匆忙，翻几页书，写几行字，或站书架前，目光一排排扫过书册，又一排排扫回来。钟声嘀嗒，内心如洗，一抬头，墙上短针已指向凌晨一点。

窗外是高楼，亦有钱塘江，江水凝重，沉沉无声，高楼零星亮着几粒灯光。

读胡竹峰《竹简精神》，文章短小精简。他说："只求简简清淡，不做大块文章。长文如湖光山色，短制是溪水小石，历历在目。世人求大，我独恋小。"

颇有同感，长文是高山仰止，短文亦有独到之处。我喜小文，尤喜山水物候之文字，读书品字，如小口小口啜茶，又如吃鱼皮花生，一颗一颗，欲罢不能。托尔斯泰说，忧来无方，窗外下雨，坐沙发，吃巧克力，读狄更斯，心情又会好起来，和世界妥协。我说，寒露天，披外衣，读短文，又快又酣畅，自在人生，尽在这精巧玲珑诗意间。

再读日本德富芦花的《春时樱，秋时叶》，喜不自胜，手不离卷。春时樱，夏时雨，秋时叶，冬时雪。四季短文，提笔是字，落笔是画，一景一物，一情一境，一吁一叹，一哀一伤，一喜一乐，都可记之。小小人生，独看个小小世界。

我也想这样写啊。

重读张爱玲的《倾城之恋》，她的文字有红楼遗韵，如厚重丝绒，如柔滑绸缎，如白惨惨一刀子，剥皮见骨。她的文字是白瓷裂纹杯，杯上用金线描了红牡丹白蔷薇，是银碗里盛雪，是白貂裘金刚钻，是红木家具历久弥新的包浆，富丽清高。这种文字是学不来的。

《红楼梦》也要反复读，烈日炎炎，芭蕉冉冉，柔情缱绻，软语温存，夜读红楼，这些字眼，更有缠绵不尽之意。

灯残人静，窗外江水如黑色平原。

有茶有书，便是人生好时节。

6

冬天喜读日本作家的书。村上春树、青山七惠、东野圭吾、渡边淳一、川端康成、芥川龙之介和三岛由纪夫。三岛由纪夫和川端康成写得最有日本味儿，我所理解的日本味儿，是那种平缓、干净、安静、简洁、清泉样的文字，还要不乏绝妙比喻和信手拈来的想象，嗯，还得有些日本俳句的味儿。最早读川端康成还是在高中，《雪国》和《伊豆的舞女》，从列车窗口望出去，"大地还留着一片模糊的白色"的雪景，在脑中留下深刻印象，我想象的日本就是那样。关于三岛由纪夫，最近读的是《金阁寺》。三岛由纪夫的文字属于那种，前一秒你还在熙熙攘攘的凡尘俗世，下一秒就被拉进他寂静的文字里不可自拔。"不管怎么说，金阁都应该是美的。因而，这一切与其说是金阁本身的美，莫如说是我倾尽身心所想象的美。"相比物体本身的美，拥有情感寄托的美，才是坚不可摧的美啊。

天已极冷，又下了雨。晚上车停小区，车里开着暖气，照例又在车上多坐几分钟，雨刮器来回划动的那一刻，感到一种清冷的美。一股孤独感油然而生，带着点无奈和屈从，好似没什么特别期待的事，也没有什么能让人撸起袖子加油干的激情，大抵就想看看书，看了睡，睡了看，再吃点好吃的罢了。

看书吧，看书吧，做个平凡的读书人多好！

题弟侄书堂

—— 唐·杜荀鹤

何事居穷道不穷，乱时还与静时同。

家山虽在干戈地，弟侄常修礼乐风。

窗竹影摇书案上，野泉声入砚池中。

少年辛苦终身事，莫向光阴惰寸功。

这首诗是唐朝诗人杜荀鹤为其侄子的书堂题写的一首诗，赞赏他"居穷道不穷"：虽然住的屋子简陋，但知识并没有减少；虽然外面战事纷纷，却依然和过去一样静心向学。末了，还勉励其珍惜时间，趁年轻多努力，才是有益终身的大事。

莫负光阴，趁年轻，多读书，多写作，做自己喜欢且愿意为之努力的事，不要蹉跎了岁月。

写作

　　每一个文字都有自己的使命，正如野外的果子，每一颗都有自己的形状和滋味。

　　年轻时，写文章喜欢一气呵成。年少气盛，没有迂回。文章写得虽少，下笔便停不下来。如今写文章似乎到了苦行僧阶段，老驴拉磨转了一圈又一圈，写下的文字依旧无味，像一粒嚼了一个多小时的口香糖。看透自己了，是没有天赋的。但谁又是生来的写作者，不都有过苦思冥想、手肘成胝的痛苦历程吗？

　　实在痛苦，就安慰自己，好在不是以文字为生。看吧，我连成为专职写作者的勇气都没有。就这点文采，哎，羞愧。

文章不到位，一定是书读少了。写作也是手工活，就像磨一块玉，得不断雕琢，没有什么可以一蹴而就。一圈一圈磨，一字一字雕，拆了重新再来，直至成就一种自我完美。

写作是修行，林清玄日写三千，吴淡如日写两千，写不出东西，就天马行空胡乱写。他们都是台湾畅销书作者，吴淡如说："日积月累，是笨功夫，但也是最聪明的事。"我，空时写，不空时不写，这可不行，得努力。

有时一个白天只写五百字，反复改，还是不满意。一整个白天哪，这样的效率，放在工作上，必然挨批。房间还没收拾，孩子的作业还未检查，换洗的衣服未清理，我懊恼极了。我安慰自己，写作只是兴趣。不不不！写作不是兴趣，写作是生命！

我也曾想过全心全意只做写作这一件事，但上天还没有赏赐我可以凭借写作讨一口饭吃的天赋，我仍在踽踽缓行中，踉跄跌倒又爬起。十几年前，大学刚毕业，我牢记一位名人告诫青年人的一句话：年轻人，要先就业，再择业，先满足温饱，再追求理想。十多年过去了，我仍在"先满足温饱，再追求理想"的路上。只不过现在的温饱，除了吃饱穿暖，还得要有一间四壁牢固的房子。这间房子，我们总算建到了齐腰的高度，抬头一望，还要二十年才能封顶。太难了，我不得不在现实面前屈膝投降。

好在，还是有写作的使命感，一日不写，如坐针毡，若是这一日完成了一篇文章，整个人都轻松了，仿若完成一件了不起的大事，连吃饭都美味些。只是光阴逝去，自己依然举步不前。一天过去了，一月过去了，一年过去了。说起来真是可怕，就这么过去了，我还没有完成既定的一本书，恨，恨，恨，颓丧到极点。

2

写作时是快乐的。

在文字记录上，一直变更着习惯，工具从纸笔到电脑到手机，相比之下，我仍最爱纸笔记录的方式。

用笔书写，自由，不受拘束，写下就是文章，不删不减，不更不改，不反悔，不纠结，每落下一个字都掷地有声，一锤定音。一往无前的笔势，才会恣意酣畅。用电脑、用手机记录，难免在输入错误的过程中来来回回，删删改改，这个过程中，思路便断了。

相比电脑，日记本也有难以替代的作用。日记更真实，更纯粹，鸡毛蒜皮，苦乐酸甜，它统统都收下。翻看过去的日记，大多是平凡而安康的日子。不用考虑结构、词句、思想、逻辑、情感，只是流水账般，甚至比流水账还混乱地记录着。

想到哪里是哪里——水尚且有流向，而这样的文字，是没有
方向的。漫无目的，不，实质就是混乱。可就是这种混乱让
人舒服，让人妥帖，好似四仰八叉地躺在床上——太放松了。

　　我一向珍视自己记录下的文字，不管遣词用句是否达到
满意的水平。文字只是一种记录的方式，它传递的温度，它
延续的情感，是私人的，也是坦诚的。它们都是生活的过程，
不舍得删去任何样子的它们，既已闪烁于屏幕或着陆于笔端，
它们就拥有了生命。

3

　　未来的写作方向是什么？我想写风，写雨，写日出，写
晚霞，好多次，我都幻想自己坐在公园的长椅，或是海边的
沙滩，一言不发，只是望着无尽变幻的天际，然后将这些细
微的变化用文字记录下来。没有对话，没有情节，只是不厌
其烦地描述那些目之所及的景象。就这样，能让我感到莫大
满足。

　　这怎么会枯燥，怎么会无聊？日出、晚霞、飞鸟、海浪，
一定等着我为它们书写。总有人做这样的事。也许读起来会
有些无趣，但不记录下来，有谁能知道山头的那团云曾悄悄
变成一匹独角兽的模样。

4

最期待的是我的书房。书房不大，我已极满足，有个向西面的大窗户。我喜欢傍晚的夕阳，那光线柔和、安稳，好似没有忧伤的童年。

我和设计师一次次强调，我想要一面墙的书架，胡桃木色的架子，书本可以从地上一排排摆到顶端。另一面墙空着，挂一幅字画，写"耘田书房"四字，我裸足下田，插秧于稿纸上，耕耘内心一方小小田地。我在这片田地里播种，收割，坐在田埂边看绿浪、细草、清水、白云。白日努力工作，换来种子和肥料，夜晚在田地快乐耕耘。

书桌呢，看了许多，最终还是偏爱一张古朴得像旧时乡村学校用的课桌椅，好吧，就留着这番简朴吧，读书人本就是求简求素，书里世界够丰富了，书外的，怎么简单怎么来。

如同这张桌子，朴素到简陋，它在夕阳中极寂静，静得没有丝毫张扬，只有一颗赤子之心。

我要去文字里种稻了。

5

写作如绣花，如穿针引线，一笔笔来，一针针来。

写作是急不来的。坚持就是快。你越急，时间仿佛变得越快，抓也抓不住。你跺脚、抓头发、抱怨、唉声叹气，都没用。不如慢慢来，用乌龟之慢，逐兔子之快。

写作，可以一直写，写到八十岁，村上春树说他要写到九十岁，这一点，可真好。写作不怕老，就像一饼普洱，越老滋味越醇厚。

写作，真是人生一等一的美事。

山泉煎茶有怀

唐·白居易

坐酌泠泠水，
看煎瑟瑟尘。
无由持一碗，
寄与爱茶人。

白居易爱茶，早饮茶，午饮茶，夜饮茶，酒后饮茶，睡前也想喝茶，他不仅自己煎水煮茶，还希望把喝茶的乐趣传递给更多的爱茶之人。

喝茶这件事，从古至今，无论怎么喝，都是带着诗意的。

喝茶

春饮径山茶

中午困极，办公椅上靠着闭眼睡，什么姿势都不顺。睡也睡不着，脑子里依然嗡嗡响，干脆摇醒自己，烧水泡茶。

茶是径山茶，杯是公司发的水杯，茶汤一倒，烫得很。

办公室喝茶，器具已不重要，喝茶脱离了仪式感，便立刻与平凡工作、日常生活联系在一起。白开水里添点清苦之味，清苦中悠悠然又飘着茶香。这香同花香、草香、香水香不同。茶香，是一种热腾腾的香，如云浮山腰，如毛笔饱蘸墨水，如张旭的狂草，把你从人间拉走，又送回人间。

径山茶淡，明前的更淡，淡得寂静，淡出禅意，如京都龙安寺的枯山水，如王羲之的小楷，如吴冠中的江南水乡。

径山茶产自径山。陆羽周游各地考察茶事，行至余杭径山，被径山的山水茶味吸引，常乘扁舟至径山寺，独行野外，诵佛经，吟古诗，杖击林木，手弄流水，居山饮茶，著《茶经》。

春日径山古道，闻起来都有绿色茶香。

明前茶好在形，都是春天的顶芽，稚嫩如少女。

喝一口明前径山，水烟漫漫，明前茶贵，清苦纯粹，苦中有物，于是一口又一口。

夏饮生普洱

基诺村的女孩请我们喝生普洱茶。

第一泡，重，沉甸甸的重。第二泡、第三泡后，口感才越来越佳，具体到了哪一泡是极致和最佳，我记不清了。

生茶有降油脂的功效，需在餐后半小时后饮用。

在基诺村买了一小饼普洱茶。这一饼茶，没有标签，没有文字，只在背面封口印上一排数字：2020.7.22。

基诺村的女孩说，很久很久以前，茶马古道上，人们用矮脚马驮着生普洱走出边境，漫长路途中，茶叶发生着神奇的变化，叶色越来越黑，生普洱变成了熟普洱，更意外的是，熟普洱泡出的口感更好了。

普洱是没有保质期的，就如藏在地下的"女儿红"，时间越久，口感越是让人惊喜。

胡竹峰说，十五年的普洱香味不见得如何出彩，但口感更加醇厚，比平常喝的多了静穆，好比秋天的太行山。

我用食品袋将这饼生普洱装好，打算也封个十五年，二〇三五年，我都快退休了！也罢，退休了就做个闲人，天天泡茶读书，看日出赏日落。

饭后，陪小云写作业，她画画，我在一旁泡普洱。她讨了一杯喝："好苦啊！"鼻子眉毛挤一块，牙齿紧扣一起，差一点就要吐出来。"你怎么爱喝这么苦的东西？"她问。

"我小时候也和你一样，偷喝大人的茶，也觉得苦，也理解不了为何大人爱喝苦茶。长大后却发觉，那些小时候不喜欢的东西，长大后喜欢得要命，比如小时候不爱吃的白萝卜，现在成了最爱，小时候喝不了的茶叶，如今喝了不觉得苦，反倒觉得甘甜，是种苦尽甘来的甘甜。长大后，会越来越喜欢这样的苦。"我怡然自得地斟一杯普洱，故作神秘地对她说，"人生就是这么奇妙。"

秋饮菊花茶

小长假，去不了太远的地方，我们在桐庐寻了一家僻静的民宿。房间在二楼，走廊狭窄，打开房门，却是另一番景象——被自然界的绿扑了满怀。

阳台边有一株巨大的香樟树，楼下种着一棵槭树，河边栽着一排水杉，水杉树的一抹秋黄，像是一日尽头最后一缕斜阳。窗口的枳椇树上结满了金钩钩。我想此时的金钩钩一定不太甜，一个下午都没见有鸟儿飞来抢食。

甜不甜的，鸟儿比我们早知道。

每次出门，都会自带一小罐茶叶。此次是菊花茶，是婆婆从乡下摘来野菊花，亲自晾晒的。

小小野菊花，花开水中，一朵，一朵，忽上，忽下，收集了山间所有的暖阳。趁热喝，既温暖，又清凉。

房间茶几上摆了两本书，一本是滨斌的《山居岁月》，一本是冬子的《借山而居》。"借山而居"的冬子住在终南山。关于山居、隐居，不少人怀有好奇之心，他们总会问："哪里还有四千元二十年的房子可租？"冬子回答："秦岭任意一个地方往深山里步行三个小时以上都有这样的院子。"只是，步行三个小时以上，你能接受？夏天三个月里有两个月都没水，得到一公里以外挑水，这样的生活，你会不哭不后悔？

隐居，不是理想主义。或许，大多数人想要的隐居不过是民宿中的山居一两日吧。

晚餐后，小云在楼下看电影，我在房内读书写作。菊花

茶适合写作时喝，热可饮，冷亦可饮。故事里的小黄花，不仅有山野气，还有书卷气。

夜晚，我独坐阳台，月光朦胧，好似困在一团雾气中，寒意从后背和袖口偷偷潜入，鼻腔里一阵冰凉。

我起身冲个热水澡，又继续坐回阳台，想起麦克斯·埃尔曼的诗：

> 不管你怎样劳累和胸怀大志，
>
> 在生命的烦嚣和困惑中，
>
> 要保持心灵上的安宁。

飞虫在路灯下盘旋了一夜。谁的内心不安宁？

睡前最后喝一杯菊花茶，气匀了，心安了，不燥了。抬头往窗外瞅一眼，微月半天，这样的夜与月，清净无染。

冬饮小青柑

广东新会的陈皮与云南勐海的普洱联姻，组成柑橘普洱。这般搭配独树一帜，却又相得益彰，有如豆浆配油条，南瓜配蛋黄，番茄配鸡蛋，既经典又有新意。

小青柑，听起来似"小心肝"。小心肝，小心肝，听得人心暖暖。

小青柑，很会体贴人。

陈皮，化痰祛滞；普洱，平和暖胃。

我喜在办公室喝小青柑。晒干的小柑橘掏空，如一盅盅小罐，满满盛入普洱茶叶。泡时，整个投入杯中，滚水一过，橘皮味儿和普洱茶香相互渗透，味道会非常浓郁。

我喜欢每次只拣少量茶，再折一小片柑皮即可。这般，一颗小青柑，可以分泡好几天，一日可泡数次。

热水翻滚起白瓷杯里的柑橘普洱，大约四泡以后，颜色依然如焦糖般深浓，味道却清了起来，入口不浑不厚不涩，刚刚好。

不过，相比纯粹的普洱，小青柑还是少了些许韵味，我还是喜欢纯粹的熟普，喝到中段，圆融柔和，像黄昏小巷里那抹淡淡的阳光。

月下独酌四首·其一

唐·李白

花间一壶酒，独酌无相亲。

举杯邀明月，对影成三人。

月既不解饮，影徒随我身。

暂伴月将影，行乐须及春。

我歌月徘徊，我舞影零乱。

醒时相交欢，醉后各分散。

永结无情游，相期邈云汉。

我歌月徘徊，我舞影零乱。一个人饮酒，亦有无穷乐趣。

饮酒

　　蔡澜谈"好酒"，他说，喝过一瓶茅台，那白色的瓷瓶已贮藏得发绿，喝起来也不像酒，连干数杯面不改色。好酒就是这样，醉意是慢慢来的，但泛舟荡漾，喝多了也不会头晕眼花，舒服到极点。

　　我从没有喝过茅台，但我喝过一次超好喝的莲子酒，是衢州市龙游地区用莲子酿的酒，口感清醇，喝多了也没有头晕眼花，入口还有淡淡香香的甜，第一次喝白酒喝出甜，真是舒服到极点。

　　酒是"稻长"提来的，那天他鲁院的同学来杭，这同学是个西北姑娘，西北姑娘喝酒，不请自饮，有西北的豪气。我喜欢和西北姑娘喝酒，受她影响，我也一小杯一小杯地不请自饮，自己喝寂寞，还拉了一旁的小伙子一杯杯陪我喝，真不是酒量好，而是这样的莲子酒实在好喝到极点。

今日天气转暖，想起夏天浸的青梅酒，原本打算在云爸生日那天开罐庆祝来饮的，不晓得那日是欢喜的事情太多，还是好吃的食物太多，竟忘了青梅酒这事。酒就这样一直藏在柜子中。反倒是近些日，年底工作繁忙，一堆事，什么也不想干的时候，想起了柜中酒。

想到梅子青青，想到夏末蝉鸣，日子又明亮起来了。

我将柜子里的青梅酒搬出来，当时扎过孔的青梅已缩成疙瘩状，酒也酿出了时光的味道，是一种琥珀色的剔透棕黄。冰糖早已化在白酒中，依稀能见漾在酒液中丝丝袅袅的波纹，是冰糖的甜，亦可能是青梅的香。

我用勺子舀出一勺酒倒在玻璃盏中，如品茶一般，先闻香，经过半年多的酝酿，早已沉淀出一种气定神闲的香气，是酒的香气，也是褪去青涩的梅子香气。我一口一口不停喝，酒味浓郁，某一刻，觉得有如陈年女儿红，但在这浓郁的酒味中，蕴着一丝甜，好似喝出了秋水的徐缓、冬阳的仁厚，绵绵无尽的。这丝甜，若有若无，像一个握紧的拳头，用力才能掰开。为了抓取酒中的甜，我一口又一口，不一会儿上头了，脑子突然重了起来，才晃过神，青梅酒也是白酒呀，往常都是一小口一小口抿着喝的白酒，今日怎当作果啤来喝。

口中直呼糟糕糟糕，心底却在偷偷快活。

　　全世界仅此一款的自浸青梅酒，今日开饮了。一人饮，自得，但终究少了点乐子。夏天的时候，答应朋友开饮了要给他寄点去。

　　你感受过喝酒的妙处吗？

　　喝酒的妙处，是让一切羞涩的事情变坦荡了。君子之交淡如水，淡如水有什么好玩，君子之交要浓于酒。在酒的世界里，一切被放大了，愉悦放大了，悲伤也放大了，但还是欢喜的多。喝酒要和喜欢的人一起喝，喜欢就是喜欢，喜欢是种赞扬，为何要遮遮掩掩？

　　我坐在窗前，对着江水举杯，又将是新的一年，愿亲爱的你，亲爱的我，继续相爱，愿未来的日子，有酒有花，愿来年，辛苦奔波的人不再继续艰辛。

又于韦处乞大邑瓷碗

—— 唐·杜甫

大邑烧瓷轻且坚，
扣如哀玉锦城传。
君家白碗胜霜雪，
急送茅斋也可怜。

　　杜甫大赞大邑瓷碗质地轻却坚韧，敲击的声音如玉碎，色白胜过霜雪。他非常渴望拥有它，却又说，倘若把它送到我的茅屋，会显得落魄可怜吧。

　　可见杜甫对器物的喜爱。

　　我有一个青瓷小杯，很普通，我如杜甫一样，对其爱之至深。

青瓷

　　周末宅在家中，用青瓷盖碗泡茶，窗外老房子上的太阳能光板反射着刺眼的光，空间有限的屋顶种着蔬菜，架子上搭着丝瓜藤和黄瓜藤。鸽子回旋在汽车来往的马路上方。不远处的工地传来水泥搅拌声。

　　白云像钉在天空的一幅画，看似不动，翻几页书，呷几口茶后，再抬头看，云还是那朵云，可形状已有明显变化。

　　我望着手中的青瓷小杯，它很年轻，并不古老，我尤爱它的开片纹，没有规则，似一幅艺术画。每只青瓷小杯都是艺术家，它们在漫长岁月里，不断开裂出新的纹路，极其小心，又极富耐心，一生都在自己身上作画。一条新绘的开片纹，也许要花上数十年、数百年。

　　每只青瓷小杯又都是音乐家，出生那刻，它们就学会了

唱歌。当完成拉坯、修坯、上釉后，它们被推进 1300 摄氏度的窑内，土里土色的小家伙们，个个憋红了脸，经过一日一夜的浴火重生，它们出窑了。原先粉黄色的胚器转为神奇的青绿色，这种精美绝伦的青色，让它们忍不住开始歌唱，叮叮当当，叮叮当当，如风吹铃铛，如珠贝轻扣，轻灵欢快，真是顶好听的音乐。

这是它们的开片之歌。

曾拜访过浙江省非物质文化遗产项目"杭州南宋官窑瓷制作技艺"省级代表性传承人金国荣。他在南宋官窑研究所待了 20 年，从单位出来后，致力于南宋官窑研究和青瓷艺术品创作。他像一个历史重塑者，将遗落多年的官窑技艺重新拾回，并加以创造，再现官窑瓷之精美。

他说："烧窑也是碰运气的，不是你觉得这个烧出来好就是好。能否烧出称心的作品，答案只能交给时间。"

是时间给了青瓷生命。

陆羽在《茶经》中，将青瓷比作玉，将白瓷比作银。青瓷温润可人，用手摩挲，雅致古朴，好似一块璞玉。

它还是一个孩子呢。我端着手中的青瓷杯，仿佛看到它如幼童一般，伸了伸懒腰，蹬了蹬腿，身体又长出一条新的开裂纹。

赠花卿

—— 唐·杜甫

锦城丝管日纷纷，
半入江风半入云。
此曲只应天上有，
人间能得几回闻。

　　每次听越曲，都会被那百转千回的调子惊住。短短一句唱词，凝聚了多少情绪和故事。

　　此曲只应天上有，人间能得几回闻？这些流传了几千年的经典曲调，值得我们一听再听。

看戏

　　拿着三张票跑去萧山剧院看戏。板鼓、拍板、大锣、小锣、二胡、琵琶、唢呐、长笛、大提琴，乐队坐在台下，台上两张木椅一张茶几，花衫的发冠闪闪亮。

　　第一出演的是《盘夫索夫》第三场，严兰贞与曾荣成婚二十余天，迟迟等不到夫君上楼来。"我侧耳细听脚步声，我望穿秋水把官人等……"兰贞差飘香请姑爷上楼。小生出场，白色松糕鞋，一脚一步迈上前，一手拿扇，一手放身后。当小生唱到"你可知各人自有各人事，我的心事有谁知"时，小云跑到剧院最后一排狭窄的走道，学着小生演了起来，小小兰花指一翘，右腿站直，左脚脚跟点地，脚尖上翘，气宇轩昂。我们转头看她，她朝我们笑笑，继续直直看着戏台。

　　整个幼儿阶段，小云奶奶在家做家务，小收音机里反复

放着越剧，小云自顾自玩，听多了，竟将《碧玉簪》中的经
典唱段《手心手背都是肉》全部唱了下来。从幼儿园大班开
始给她报越剧班，歌唱得并不动听，声线也没什么天赋，舞
蹈动作僵硬，偏偏她就喜欢唱。

老师让她演小生，此前饰梁山伯，后演贾宝玉。梁山伯
蓝衫白水袖，头戴解元巾，左右两条如意软翅随着脚步抖动；
贾宝玉倒真个"头上戴着束发嵌宝紫金冠，齐眉勒着二龙戏
珠金抹额，一件二色金百蝶穿花大红箭袖，束着五彩丝攒花
结长穗宫绦"。六七岁的小云演书生，满脸稚气，竟也英气
十足。

第二出演的是《二堂放子》。

越剧听起来咿咿呀呀温吞拖拉，好似一个调，实则情节
紧凑跌宕，一层推一层；音乐时急时缓，脚步时紧时慢，戏
台上都是经典故事在演绎。

这一场，沉香和秋儿在书馆失手将秦太师之子秦官保打
死。小云从后排坐回我身边，看得投入异常。当沉香告诉爹
爹他打死人了，她便不断地追问，央求我将戏台两边演员的
唱词念给她听，边听边问："沉香和秋儿为什么都抢着说是
自己打死了人？那到底是谁打死的？为什么秋儿没打死人还
要说是自己打死的？为什么他们让打死人的沉香逃走，却让
没打死人的秋儿去死？……"

　　回家路上，用手机放了"凯叔讲故事"中的《劈山救母》给她听，她听得全神贯注，全程不许我们发出任何声音。回到家，又听了一遍，第二日又听。"妈妈，原来沉香的妈妈是二郎神的妹妹！可是二郎神为什么把自己的妹妹压在华山底下？"

　　啊呀呀，小小人儿啊，这故事里的是非情义、封建礼教、负重忍辱，我该如何解释，才能说得清啊？

　　虽然总答不好她的十万个为什么，我心中却是喜悦满满，异常享受这番共同看戏的日常。

　　前日她打开百度，搜索了一段《头戴珠冠压鬓齐》的视频给我看，是吕瑞英版本。二十世纪五六十年代的吕瑞英，芙蓉面，晕着被春水洗过的杏花红，眼睛里波光盈盈，仿若碎了满湖月光。那一句"当今皇上是我父，我本是金枝玉叶驸马妻"，小云不仅跟着唱，还为我解释："她的爸爸是皇帝，她是公主。"汾阳王八十大寿，驸马让公主去行礼，吕瑞英唱一句"我本想过府去拜寿，细思量君拜臣无此礼"，眼神一扬，头一扭，怒时若笑，嗔时有情，公主的娇俏、调皮和任性，直让人觉得可爱。

　　孟京辉说："戏剧特别简单，只要一个桌子、一个椅子，或者是空空的舞台，你只要往上一站，戏剧就发生了。"

　　人生如戏，戏如人生，戏中的他们奋不顾身，用生命抵抗这个世界。

对于一个六七岁的孩子来说，她为什么喜欢看戏？戏里的故事可真懂得？也许她只是喜欢花旦头上那一顶金丝线穿着的珠凤冠，喜欢小生神气凛凛地迈开步子以及手中那把打开又合上的扇子。台上的服饰、装饰那么美，好似仙子般，荷袂蹁跹，羽衣飘舞，真真看呆了人。

后来问她，为什么喜欢戏剧？

她答："因为我喜欢我的戏剧老师。"

可不，很多兴趣并不是天生就有，也许是遇到了良师益友，也许是被一两件偶然的事影响，正是这些因缘际会，丰富了整个人生。

喜欢学戏的姑娘是幸运的。

南亭夜坐贻开元禅定二道者

唐·许浑

暮暮焚香何处宿，西岩一室映疏藤。

光阴难驻迹如客，寒暑不惊心似僧。

高树有风闻夜磬，远山无月见秋灯。

身闲境静日为乐，若问其余非我能。

许浑，晚唐诗人，擅写山，写水，写雨。

诗人夜坐雨亭，闻着空气中的暮暮焚香，便觉得"寒暑不惊心似僧""身闲境静日为乐"。

香气是有治愈作用的，香气会让人着迷。不同的香气，使人产生不同的情绪。

闻香

檀香

此前去晓风书店做"人在草木间"的读书分享，喜欢晓风家的文创，买了一个木制熏香盒，又配了一盒檀香。

书店店员说，写字时燃一支，可以静心。我爱在做家务时点燃它，观其形，烟气袅袅，变化如云雾，却比云雾多一层妩媚，似婀娜身段，似奔腾骏马，似摇曳蔓草；味道是熟悉的古寺檀香，好似在阳光静好的一日，步入寺中，初日高林，曲径通幽，禅房深深，殿前高炉飘散出香烛之味，其间就有这丝丝缕缕的檀香。

此时的我，好似不在家中劳作，而是在静寺中，同那些僧人一道，提着扫帚，静默无声地清扫着地上的落叶，或用鸡毛掸子拂去台上的尘埃，我洗晒了衣物，又擦拭了盥洗室，将散乱的书籍塞回书架，本是烦闷枯燥的一些日常劳作，因着这支香，好似变得不一样了点。

是的，我总有办法，想象自己置身于他处，或让自己更易于满足，日子哟，不正该这样吗？想方设法让自己好过一些。

古人说，春有百花秋有月，夏有凉风冬有雪。若无闲事挂心头，便是人间好时节。谢谢这缕香，幽幽飘进生活里。

橘皮香

今年秋季少雨，少了雨的橘子竟比往年更多汁，青黄相交，于枝头摘下，凑近鼻端，竟然那么香，是新鲜多汁带着青柠酸的香味。

我剥开橘子皮，里面的汁水炸裂般，如无数注小喷头一齐喷射到手心，你无论换哪个方向剥，汁水都四射着你。这层皮里竟蕴含了如此丰厚的汁水，让整个干燥缺水的秋季，拥有了夏日般青青葱葱的酸甜。

这是一枚少女时代的柑橘，被摘下的柑橘会被农人在保鲜液中浸泡半分钟，晒干，然后一筐筐堆进库房。在长达两个月的贮藏中，少女的青绿转为妇人的橙黄，直到临近春节，被一车车接去北方。

　　我站在秋日橘林间，为那些从未尝过秋日少女柑橘的人们感到惋惜。

蜜蜡香

　　相比玉石，我更喜欢蜜蜡的温厚、敦实，它们轻巧灵动，不热烈，不凝重，一如植物的自然生长。

　　和小云在一家蜜蜡工作室体验蜜蜡手作，挑选了一块满蜜原石。我喜欢满蜜，喜欢它与人接触后油脂莹润的质感，宝光内敛，凝聚万年时光，有温和之美。我们依据原石形状，设计了个俏皮的逗号模样。

　　第一道工序，机器打磨。小云穿上围裙，双手伸入打磨箱，一点一点打磨石头，蜜蜡的松脂香味在机器快速的旋转中飘散开来，那是种油脂沉淀的香味，是尘封初绽的木质清香。

　　第二道工序，手工打磨。蜜蜡硬度低，质地轻，与人的手指甲差不多，我们用三道磨砂纸，从粗到细，细细摩擦出逗号形状。白色粉末溢出，松香味再次散开。

　　最后抹上磨砂膏，表面竟如宝石般莹润，如水晶玻璃般发亮。饱满憨萌、鼓胀圆润的逗号，有乖巧之样，小云将它挂在脖间，跳跃着，如随身携带着冬日清晨的一轮暖日。

　　蜜蜡带着时光的痕迹，是众多宝石中最为亲民的。它们可在短时间内呈现出时间的韵味。时间越久，蜜蜡的颜色越深，或显现不同色泽，如鸡油黄、红皮、紫红皮、花蜡、白蜡、橘皮等，这是蜜蜡表面氧化的过程。

　　蜜蜡氧化，还有一个过程叫返花。原先并不明显的花纹，在未来会逐渐显现，如山川，如河流，如蜂蜜中掺了白奶油，如搅拌过的拉花咖啡。

　　在时光中守候它的变化，是极为有趣的事。

　　这枚手制蜜蜡，因原石厚度有限，背面略有起伏，且有一天然孔洞。这个瑕疵，让它显得不那么完美，但亲手制作的作品，被我们赋予不一样的感情，我们对一件器物的喜欢，仅仅是看中它的价值吗？它的不完美，对于我们却是最珍贵的独一无二。

在我们眼中，它就是温情脉脉的一块至宝。

玫瑰香

我将玻璃罐中的几块绿萤石凑近灯光，它们呈现出不同的绿色，有青苹果之绿，有薄荷糖之绿，有深潭之绿，有苍壁之绿，有千年冰川之绿，也有微微透出蓝色的，像汪住了一片湖水。它们任由灯光穿透，让人一直看到它们的内心，纯净、荡漾，像古老的海洋之心，幽幽透着碧草春心。

萤石可作扩香石使用，家中有朋友送的玫瑰精油，第一次滴了十滴，太浓了。馥郁浓烈的玫瑰香，是甜宠迷人的味道，是性感女人的芬芳。诱惑的玫瑰香一下子侵占了萤石的绿，如此霸道妩媚，没有一块萤石招架得住，洒了精油的萤石变得油润发亮，绿莹莹闪着森林般浓郁的眼睛。

玫瑰常与爱情联系在一起，她浓烈、迷醉、挑逗、百转千回，它能抗抑郁，让人兴奋，感到幸福，如同《小王子》中的那朵玫瑰，孤独骄傲，充满幻想。

其实我并不爱玫瑰，但玫瑰的香味有助于写作，它让大脑敏感多思，思维更加活泼开放。

精油从植物的花朵、果皮、叶片、根茎或树脂中提炼出来，浓缩、精纯、盛气凌人。不同香味带来不同情绪，薰衣草使人放松，四季皆宜；桂花优雅迷人，舒缓身心；栀子沁人心脾，弥久留香；茉莉浓郁饱满，释放压力；虎尾草温暖沉静，修身养性。

此外还有蓝风铃、佛手柑、英国梨与小苍兰、雪松甜橙、荔枝花、青柠罗勒与柑橘……光是这些植物的名字，便能把人拽到百花齐放的山坡郊野，欣赏它们热情奔放、纯真甜美、优雅华贵的样子。

芳香，治愈而迷人。

风信子

每次在花店买风信子，都会和老板强调，请给我不一样花色的风信子。可是每次开出的，都是紫色。

风信子这名字真是好听，它长于希腊神话美男子雅辛托斯的血泊里。

风信子是舶来物，在我小时住的城镇里，可从没见过这样的花。它们来自地中海沿岸。

用玻璃器皿水培风信子，能细致地观察它伸根、抽芽、开花、凋谢的全过程。一株植物的生命就是这样简单、笃定，遵守着自然规律。

一颗洋葱头，顶出一串花苞，风跑满房间，香气那么奔放，直来直去。

它们用香味来点缀冬的孤寂。

宝宝香

世间所有香味，都抵不过孩子身上的香。

清早整理床铺，我将女儿的小睡衣叠起，软软的，滑滑的，睡衣上印有一朵小花。我恨不得将整张脸埋进她的睡衣里，连呼吸都小心翼翼，生怕弄浊了她的衣物。我深深吸一口气，仿佛闻到了她还是孩童时的婴儿香，睡衣里有牛奶味儿，还有昨晚睡前刚抹的护肤乳的香味。

每个孩子都有不一样的香味，动物的母亲通过气味识别自己的孩子。此时的我异常坚信，我也能通过气味识别世间独一无二的她。

这样的宝宝香，使我产生无限幸福感，让我无数次感谢拥有了她，无数次感谢陪伴了她。

春日山中对雪有作

— 唐·杜荀鹤

竹树无声或有声，霏霏漠漠散还凝。

岭梅谢后重妆蕊，岩水铺来却结冰。

牢系鹿儿防猎客，满添茶鼎候吟僧。

好将膏雨同功力，松径莓苔又一层。

唐诗中关于雪的描写，我觉得杜荀鹤的《春日山中对雪有作》尤好，雪花打在竹叶和树枝上，或寂静无声，或沙沙作响，浓密的漠漠飞雪飘散，聚集在地面上。

岭头的梅花早已凋谢，因了落雪，好似又重新开放了一样，山岩积雪融化后的流水，却又结成了寒冰。

这样的雪日，真舍不得待在家中，只想出门看雪，或者找个有大面窗户的暖房，喝茶、读书、赏月。

踏雪

住在杭州，怎可不去西湖赏雪。

雪天，走北山街，鸟声绝，雨未歇。从湖边往宝石山上一望，天与云，云与水，水与山，上下一白。

天寒雪冻，湖心游船如织，游客人数不逊于清明、端午、国庆。拾北边台阶而上，遇一石栏平台，满树银花，纷繁错落，枝丫上的雪水冻成冰粒子，呼啦啦一摇，一片丁零零脆响。细细密密的雪子落在伞上，好似春日用竹匾筛着蚕沙，沙沙，沙沙，雪天的世界，杳然寂静，大抵因为雪日出行的车辆少了，连声音都被这白拢了去。一座没有汽车的城市，将会如何优雅安静，鸟儿不啼，小猫踮起脚尖走。整座城就是一个酥酥软软的奶油蛋糕。

地上的雪渣子开始融化，脚下的雪层变成沙冰，路行不

便，拐至晓风书店读书取暖，耳边只剩下翻书声。

北山街的晓风书屋借了新新饭店的边房，虽然是冬日雪天，书屋门口花架上的盆栽依然绿着，书屋由老房子改造而成，民国风格装饰，一室一厅，墙上是挂壁式空调，空间不大，像是主人自家的书房。

晓风书屋在杭州，便烙着深厚的杭州印记，北山街、丝绸博物馆、南宋御街、小河直街、良渚博物馆、体育场路，都有它的身影。晓风书屋与丰子恺有缘，北山街的这家照例出售着丰子恺的各种周边，还有《读库》的本子和西泠的印章。

来晓风，尤其是西湖边的晓风，买一本丰子恺的《缘缘堂随笔》，再加一本张岱的《西湖梦寻》和一本高濂的《四时赏幽录》，最配不过了。

董遇说读书有三余："冬者，岁之余也；夜者，日之余也；雨者，月之余也。"张岱说善游西湖者，最妙也在这三余："雪巘古梅，何逊烟堤高柳；夜月空明，何逊朝花绰约；雨色涳濛，何逊晴光滟潋。深情领略，是在解人。"

高濂《四时赏幽录》之"冬时赏幽"有记载杭州雪天的各种玩法："雪霁策蹇寻梅""西溪道中玩雪""扫雪烹茶玩画""雪夜煨芋谈禅""山窗听雪敲竹""雪后镇海楼观晚炊"，等等。

　　此时正对西湖，拿上新书，移步新新饭店内晓风书屋旁的墨沏客厅，点一份下午茶，喝茶、取暖、读书、赏雪，便是现代版的西湖赏玩雅事。

　　墨沏菜单有文人气，如叔同下午茶、张爱玲下午茶、丰子恺下午茶、秋水下午茶、曼殊下午茶、志摩下午茶。拿着丰子恺的书，自然要来一份丰子恺下午茶。

　　和朋友对坐，一杯古树滇红，一杯菊花枸杞，一份蓝莓焦糖布丁，茶食一两样。手渐渐暖和起来，雨雪还在下，是雨不是雨，是雪不是雪。我们将羽绒服拉链拉开，帽子放进座椅中，享受着暖气，读着书，抬头望一眼落地窗外铅灰色的湖水和雨雪中艰难行走的人群，心中升起一种舒适感。

　　丰子恺在西湖边有一小屋，面对放鹤亭，背靠葛岭，旁邻招贤寺，朋友来湖畔小屋饮酒，"酒阑人散，皓月当空。湖水如镜，花影满堤。我送客出门，舍不得这湖上的春月，也向湖畔散步去了。柳荫下一条石凳，空着等我去坐"。

　　新新饭店正对的西湖边有一长椅，雨雪天空着，要是天气晴朗，坐湖边，对一池残荷对饮谈天，也是美事。

　　雨雪未歇，天色渐暗，直接在新新饭店用了餐。服务员姑娘穿民国风格的灰蓝色斜襟短袄，青花瓷蓝盘扣，七分袖，露着雪白手腕，下身齐膝黑色伞裙，黑色坡跟布鞋，走起路来轻盈无声。

　　我最爱新新饭店的龙井虾仁与红糖麻糍。虾用河虾，虾仁个头不一，用筷子夹一粒，淘气滑溜，醋碟里轻蘸，虾肉瓷实。龙井虾仁可把江南味道渗透到了骨子里，龙井四五片，细长清褐，满满的秀气与雅气，只是一口一粒的吃法，实在让人着急，恨不得用白瓷汤匙舀一勺，直接囫囵吞虾过把瘾。

　　红糖麻糍是新新饭店的招牌，像卷心蛋糕一般由内而外卷起，白色糯米糍两面煎至金黄，中间夹着白芝麻、花生碎、西瓜子仁还有红焦糖，馅儿太多，满满溢出来，一口咬下去，甜的红糖，脆的果仁，绵软的麻糍，精致到令人留恋。

　　古有张岱湖心亭赏雪，现有我们在新新饭店，将读书、喝茶、晚餐、看雪一并享用，且不用经寒，亦是一种雅赏。

元日述怀

—— 唐·卢照邻

筮仕无中秩，归耕有外臣。

人歌小岁酒，花舞大唐春。

草色迷三径，风光动四邻。

愿得长如此，年年物候新。

"愿得长如此，年年物候新"，卢照邻说，但愿人生像元旦这天一样快乐，年年岁岁四时风物都如此新鲜。

又是一个新年，不念过去种种，我们只看向明日。新的一年，要快乐呀！

过年

大年二十八，去商场买了红内衣、红内裤。新的一年是我的本命年，民间本命年称为"坎儿年"，年未开始，我便心有惶惶然，不知将历怎样的劫？小云对我说："妈妈，新年你要牛了！"我问："为何？"她说："因为你属牛啊！"我大笑。想起白日看对联，读到一对："福来天意，喜靠人心。"心有欢喜，自有福气。可不，小云说得对，今年，我要"牛"了！

大年二十九，贴窗花，写对联。和小云在家写"福"字，临摹王羲之和柳公权的字体，也写对联，一笔一画，抄下美好的句子："日日是好日""生活明朗，万物可爱""吾爱吾家"……红灿灿的纸头，未干的墨汁，年的仪式感像照进阳台的一束阳光，推着我们向前。好的坏的都已过去，新的一年，我们只管看向明天。

大年三十，吃年夜饭。爸妈还有我妹连带三只小狗，早就等着我们回家了。妈妈照旧烧了一桌子的菜，佛跳墙、大闸蟹、蒸扇贝、酱鸭舌、土豆牛腩、猪蹄膀，还有每年除夕寓意深厚且必不可少的一些菜品，诸如"一年更比一年高"的年糕、"年年有余"的鲈鱼、"四季进宝"的八宝饭、"蒸蒸日上"的蒸肉丸……好在，今年妈妈不再纠结菜品数量了。她说，在农村，每到过年，是要杀年猪的，她的母亲大年三十会烧二十五六个菜，猪血、猪肠、猪肝、猪腰、猪头肉，一盘盘叠上八仙桌。农村里过年，吃饭前还要放鞭炮，鞭炮放完才能关门用餐，到了夜里十二点，还得披衣起来再放一次。城里早就不能放鞭炮了，我们坐在电视机前看春晚、吃零食，春晚看得人累，大家吃到肚胀，竟是比往常还要更早地入睡。

大年初一，懒出门。蓬头垢脸起来，第一件事就是想读书。一架子的书，读到最后，最喜欢的仍是周华诚的散文。翻出《春山慢》，再读，仍如一溪春水，潺潺流去，又如山中薄雾，自在飘逸，或如樱花树下的一杯清茶，花落禅定。好的文字，就如好的风景，可以明目、醒神、涤心，亦如山谷里吹来的清风，和畅满怀。希望他不停地写，他写到老，我读到老，有文字相伴，生活亦可饱满有味。

大年初二，去花鸟市场买花卉。最流行的是蝴蝶兰，再来是一串串红彤彤结满果子的北美冬青。这两种花材都极贵，朋友买了两盆蝴蝶兰，好看是好看，花了七百多元，北美冬青也贵，三四枝就要二百五十元。物价年年涨，不知何时能实现买花自由？夜里出门，偷偷折了三枝野外的火棘回来，不花一分钱。野生的火棘，肆意生长，叶片背面有密密麻麻虫卵的印记，修剪清理整洁，红的果子，绿的叶片，也是着实可爱，丝毫不逊于价格昂贵的北美冬青。我将红色的火棘插进细口玻璃瓶，细长的枝条，各自向两边斜飞出去，配着墙上的书法作品，俊朗清丽，为室内增添了许多活泼暖融之意。

大年初三，上午拜完年，下午去梅城赏梅。梅城，这个名字真是好听。梅城的梅是梅花的梅。梅城的南峰塔就有一片梅林，一条石径，两边都是梅，红的梅花，粉的梅花，白的梅花，梅花飘落，纷扬如雪。宋代诗人张功甫的《梅品》描述了赏梅的"二十六宜"：淡云，晓日，薄寒，细雨，轻烟，佳月，夕阳，微雪，晚霞，珍禽，孤鹤，清溪，小桥，竹边，松下，明窗，疏篱，苍崖，绿苔，铜瓶，纸帐，林间吹笛，膝下横琴，石枰下棋，扫雪煎茶，美人淡妆簪戴。此时的梅林，有夕阳，有苍崖，在松下，亦在竹边。有生之年，真想将这样的意境一一体验过去！